CIONDOLINO

VAMBA

(LUIGI BERTELLI)

VOL.I

Ho pensato, bambini, di farvi vedere molte cose grandi negli esseri piccoli... Più tardi, nel mondo, vedrete molte cose piccole negli esseri grandi.

I. Come la poca voglia di studiare inducesse tre bambini a desiderare di essere più bestie di quel che erano

Io dovrei cominciare, cari ragazzi, dal descrivervi la villa Almieri vista in una bella giornata di Luglio, verso le due e mezzo, quando tutta la campagna si distende, quasi desiderosa di riposo, in quella gran quiete e in quel gran silenzio che neanche le cicale, le quali sono gli insetti più sfacciati che si conoscano, s'azzardano a disturbare.

Ma so, per esperienza, che le descrizioni voialtri le saltate a pié pari, sicché sarebbe una fatica buttata via: d'altra parte non vi sarà difficile, credo, immaginare una bella casa tutta bianca, con le persiane verdi, sotto le quali sporgeva un bel davanzale di pampini portati fin lassù da due grosse viti d'uva salamanna ch'erano piantate alle due estremità della facciata.

Dei pampini, anzi, ce n'erano di molti: quel che mancava era l'uva; e infatti non se ne vedeva che qualche grappolo qua e là, lontano dalle finestre.

Già, questa in Botanica è una cosa più che provata: la vite d'uva salamanna non fa mai grappoli vicino alle finestre... quando ci stanno di casa dei ragazzi.

Oh, zitti: eccoli!

La porta della villa s'è aperta piano piano e ne escono, a uno per volta, due bambini e una bambina, che discendono i due scalini lentamente, strascicando le gambe e con gli occhi bassi, dai quali si diffonde giù giù fino alla punta del naso una grande ombra di malinconia.

- O come mai - direte voi - a essere in campagna e in tre hanno tutta quella serietà?

Eh cari miei, ve lo spiego subito in poche parole: essi hanno in mano un libro per uno e, di dentro la villa, si sente la voce della signora Clotilde che grida:

- Bambini, studiate, mi raccomando: se no, quando torna lo zio Tommaso che vi sente la lezione e non la sapete, guai!

I tre bambini seguitano a camminare sempre in fila, sempre zitti, col libro in mano come se tenessero un torcetto, e col naso malinconico come se andassero ad accompagnare un morto.

Arrivati a un piccolo piazzale in mezzo a un fitto boschetto di cipressi che lo difendono dal sole, i tre muti personaggi si fermano e si mettono a sedere, un po' discosti l'un dall'altro, sopra una panchina di pietra.

Ciascuno ha aperto il suo libro con lo stesso entusiasmo come se fosse sicuro di trovarci tra le pagine un paio di schiaffi: anzi il più piccino l'ha aperto in un certo modo da farci credere che nel suo ce ne supponga anche di più che negli altri due libri.

Quel piccolo piazzale dove stavano i tre ragazzi era un posticino fresco, tranquillo, delizioso, scelto evidentemente per loro dalla signora Clotilde come il luogo adatto per studiare durante le ore calde.

Invece non erano lì neanche da cinque minuti, quando il più piccino lasciò andare il libro sulle ginocchia e, gonfiate le gote, si messe a soffiare facendo un certo mugolìo a più riprese, che pareva un di que' palloncini rossi di gomma da due soldi, che quando si sgonfiano suona la trombetta.

Poi, visto che gli altri seguitavano a tenere gli occhi sul libro con un certo sussiego, disse:

- Uff! Non se ne può più.

E gli altri duri. Allora egli dette una gomitata alla bambina dicendo:

- Oh! Ma non lo sentite voialtri questo caldo?

La bambina alzò la testa e rispose piena di stizza:

- Chetati, Gigino. Eppure tu lo sai, che ho da studiare l'aritmetica ragionata!

- Lo so: ma come si fa, dico io, a ragionare con questo caldo?

Qui prese la parola il più grande che si dava una cert'aria d'importanza, e che sentenziò con una certa amarezza mal dissimulata:

- Non c'è caldo che tenga. La mamma dice anzi che qui c'è il frescolino che aguzza l'intelligenza.

Il più piccino ci pensò un po' sopra, e poi disse con un accento pieno di sincerità:

- Già... Ma quando non si ha voglia di studiare ci vuole altro che il frescolino!

Questa osservazione persuase tutti, e la schietta espansione di Gigino ebbe l'effetto immediato di far cessare quell'aria di gravità che si davano i suoi compagni.

E si capisce: perché, in sostanza, se avessero fatto a chi aveva meno voglia di studiare, non avrebbe perso né vinto la scommessa nessuno dei tre.

I poveri libri furono, dunque, sbatacchiati sulla panchina con queste tre commemorazioni funebri:

- Morte alla storia del Medio Evo!

- Abbasso l'aritmetica ragionata!

- Al diavolo la grammatica latina!

Maurizio, che era il più grande, si alzò, e piantandosi a gambe larghe dinanzi al suo fratello Gigino e a Giorgina sua sorella, ripigliando per un momento il suo tono autorevole esclamò:

- E tutto questo succede perché non siete passati all'esame!...

Ma Giorgina lo fece subito ritornare alla realtà delle cose, rispondendogli pronta:

- Potresti anche dire: perché non siamo...

Gigino dètte in una gran risata e, poiché era un bambino dimolto positivo, tagliò la questione dicendo:

- Il non esser passati all'esame nessuno de' tre, in fondo non vorrebbe dir nulla. Il male sta in questo: che ora bisogna prepararsi per l'esame di riparazione...

Maurizio che a sua volta era un ragazzo eloquente e che col tempo (con molto tempo se seguitava così!) avrebbe dovuto diventare avvocato, credette arrivato il momento di considerare la questione da un punto di vista più alto, e incominciò così il suo discorso:

- Io, lo sapete, non approvo gli esami...

Ma Gigino lo interruppe subito:

- Eh caro mio! Sono gli esami che non approvano te!

- Sta' zitto e lasciami dire, - riprese Maurizio dandogli un'occhiataccia di traverso. - Se no, bada, ti chiamo Ciondolino!

A questa minaccia Gigino si alzò di scatto da sedere e si portò vivamente la mano di dietro.

Bisogna sapere che in campagna la mamma gli aveva messo un paio di calzoncini vecchi, rifatti perché non consumasse quelli buoni. Ma disgraziatamente questi calzoncini erano spaccati di dietro, motivo per cui, nel fare il diavolo a quattro come faceva, gli usciva fuori spesso un pezzetto di camicia, un ciondolino bianco che pareva una bandierina, ciò che lo faceva montare su tutte le furie, specie quando gli altri bambini lo mettevano in canzonatura.

Gigino, dunque, rinfoderò la bandierina, e rimessosi a sedere stette a sentire il discorso filosofico di Maurizio, il quale continuò:

- Io non approvo gli esami, perché sono un'ingiustizia. Ne volete una prova? Studiate a mente parola per parola tutto un libro, meno una pagina: siete sicuri che all'esame vi interrogano su quella unica pagina che non avete studiato.

- Questo poi è vero, - disse Giorgina.

- E pensare - soggiunse Gigino - che, a essere indovini, si potrebbe studiare quella pagina sola e passare all'esame come se si fosse studiato tutto il libro!

- Studiare! studiare! - riprese Maurizio battendo il piede. - Studiare, va bene; ma uno dovrebbe esser lieto di studiare quando gli pare, ecco. Perché, domando io, gli uomini devono avere questa schiavitù?

- E anche le donne? - aggiunse Giorgina con vivacità.

- Gli animali sono mille volte più felici di noi, perché non hanno nulla da fare dalla mattina alla sera. Voltatevi intorno e guardate. Ci sono i cani, i gatti, gli uccelli, le mosche, tutti esseri che vivono benissimo senza studiare la storia del Medio Evo...

- Né l'aritmetica ragionata.

- Né la grammatica latina.

A questo argomento tanto eloquente e persuasivo, i tre personaggi dettero un'occhiata intorno, e intravedendo i tre libri sulla panchina, furon presi da una nausea invincibile e sentirono nell'anima un gran desiderio di essere qualunque altra cosa fuorché dei bambini schiacciati a un esame e costretti a subirne un altro.

Giorgina, che era un po' vanerella, disse subito con un'esplosione d'entusiasmo:

- Ah! Io, piuttosto che studiare l'aritmetica ragionata, vorrei essere una bella farfalla e volare tutto il giorno senza pensare a niente.

- Io poi, - disse Maurizio rimettendosi a sedere sulla panchina, - preferirei di diventare un grillo!

Gigino disse:

- E io, piuttosto che studiare la grammatica latina, vorrei cambiarmi in un formicolino.

- Un formicolino?... - esclamarono Maurizio e Giorgina sorpresi.

- Sì; - aggiunse Gigino con fermezza - una di quelle formicole che vanno sempre in processione, tutte in fila e che non fanno altro che far passeggiate dalla mattina alla sera.

A questo punto una voce nasale, con un'espressione strana esclamò dietro a loro:

- Davvero?

I tre bambini si voltarono con tanto d'occhi.

Senza capacitarsi di dove fosse sbucato, videro un signore curiosissimo, con un gran paio d'occhiali sopra un naso un po' rosso nella punta, tutto sbarbato, col collo rinvoltato in una gran ciarpa nera e con la persona lunga e angolosa coperta da un'ampia palandra verdognola, che gli scendeva quasi fino ai piedi.

Egli li guardava sorridendo, e gli occhi, infossati nell'ombra di due cespugli di peli rossicci, brillavano dietro gli occhiali come due lumini da notte.

Dopo averli guardati così per un pezzetto, cavò fuori dalla palandra una gran tabacchiera, l'aprì piano piano, prese una manciata di tabacco e se la ficcò dentro quella voragine di naso; poi fece due starnuti e soggiunse, sempre con quella voce da frate francescano.

- E così sia!

E allontanandosi lentamente, sparì dentro il boschetto.

II. Gigino diventa un uovo.

Gigino che, appena dette le ultime parole, era rimasto lì incantato dalla sorpresa, fece per scappare ma non poté.

Gli pareva d'essere come appiccicato sulla panchina di pietra.

Volle voltarsi verso Maurizio e Giorgina, ma non gli riuscì di muover la testa. Si provò a volger gli occhi da quella parte, ma ci messe una gran fatica, perché lo sguardo gli s'era fatto pesante e le pupille gli s'erano offuscate. Poté appena intravedere confusamente la figura di suo fratello e quella di sua sorella, e gli parve che tutt'e due fossero molto rimpiccoliti e prendessero una forma curiosa, quasi ovale.

Allora Gigino provò un'impressione stranissima: gli sembrò che anche lui si fosse già rimpiccolito parecchio, e che andasse sempre diventando più piccino e più tondo.

Voleva agitar le braccia, voleva tirar delle pedate, voleva urlare, piangere, mordere, ribellarsi a quella forza misteriosa che lo faceva scemare a vista d'occhio e che, se seguitava così per un pezzo, lo avrebbe fatto sparire addirittura. Ma egli non poteva muoversi; si sentiva come fasciato da tutte le parti, e non tardò ad accorgersi che intorno a lui, via via che impiccoliva, s'andava formando una specie d'uovo.

A un certo punto, chi sa perché, gli venne in mente la bandierina, ed ebbe l'impressione che gli fosse rimasto il ciondolino di camicia fuori dell'ovo, come l'aveva sempre fuor dei calzoni.

Fece uno sforzo disperato per portarsi la mano di dietro e rimetterla dentro, ma sì!...

Gigino ormai era ridotto alle minime proporzioni, e sentiva che il suo cervello cominciava già ad annebbiarsi.

A un tratto gli parve di vedere lì vicino due ombre nere che gli fecero l'impressione paurosa di due becchini.

Infatti doveva esser così, perché di lì a poco si sentì sollevare, e fece un ultimo tentativo per gridare:

- Almeno rimettetemi dentro la bandierina!

Ma questo sforzo supremo gli tolse la poca energia che gli era rimasta, ed egli perdette finalmente ogni memoria e ogni conoscenza delle cose.

III. Quali dolcezze e quali amarezze trovi un bambino svogliato rinascendo formica.

Quanto rimase Gigino in quello stato di assopimento?

Egli non l'avrebbe saputo dire: ma, certo, ci rimase poco tempo, se si pensa alle grandi trasformazioni che erano avvenute in lui.

Quando egli riprese completamente la conoscenza, provò una impressione curiosissima.

Gli pareva come se qualcuno, avendolo sbagliato per un pezzetto di cartone, gli avesse dipanato tutt'intorno una matassa di filo, chiudendolo dentro un gomitolo dal quale tentava invano di uscire.

Fortunatamente si accorse che al di fuori c'era chi lo aiutava a levarsi dall'impaccio, allargando con cura i fili che lo avviluppavano.

Finalmente poté metter fuori la testa, poi le braccia.

- Coraggio, via! - gli disse a un tratto una voce. - Tira su!

Egli fece uno sforzo e, venuto fuori con tutto il corpo, si sentì come accarezzare da ogni parte, e si accòrse che qualcuno lo leccava a tutt'andare.

- O ora? - esclamò sorpreso. - Che lavoro è egli codesto?

- Ti fo un po' di pulizia.

- Come! con la lingua? O che siamo diventati gatti? Ma si può sapere che cosa sono io? E lei chi è? E tutt'e due dove siamo?

La voce riprese:

- Calma, calma, per carità. Tu hai ora delle grandi curiosità da appagare; ma uscito appena dal bozzolo non hai l'intelligenza abbastanza lucida per comprendere le cose e per ordinare le tue domande. Aspetta, abbi pazienza; e quando sarà il momento, tutto ti verrà spiegato.

Gigino a quel discorso fatto con calma e con un sincero accento di bontà, rimandò giù per la gola quel diluvio di domande che gli eran venute alla bocca e rimase zitto.

Ma durante questo silenzio, via via che la sua intelligenza si risvegliava, ebbe campo di ordinare le sue idee, di rendersi conto a un bel circa del suo stato presente (poiché la maravigliosa trasformazione non gli aveva tolto la memoria) di ricordarsi anche nettamente le vicende passate.

Prima di tutto, - e su questo non cadeva dubbio - o era cieco o si trovava al buio.

Eppure egli, sebbene non vedesse nulla, incominciava a sentire che cos'era e dov'era.

Il paragone di un cieconato, che alla mancanza del senso della vista supplisce con la squisitezza degli altri sensi, non basta per dare un'idea di quello che provava Gigino.

Egli per esempio, aveva l'impressione di trovarsi in una stanza sotterranea senza che per questo avesse bisogno di toccarne le pareti. Capiva che c'era intorno a lui un grande lavorìo di esseri affaccendati, senza bisogno per questo di vederli.

V'era in lui qualche senso nuovo, o almeno qualche senso aveva acquistato una delicatezza così straordinaria, da presentare alla sua mente la natura e la forma delle cose come se ei le vedesse con gli occhi.

Così non tardò a rispondere da sé all'ultima domanda fatta. Egli era una formica, quella che gli stava davanti era un'altra formica, e tutt'e due stavano in una casa di formiche.

Questo quanto al presente.

Quanto al passato non capiva, quantunque ne avesse un'idea confusa, per quali strani passaggi era arrivato a questa trasformazione; ma si ricordava di quel signore curioso con gli occhiali e la palandra verdognola, capitato all'improvviso proprio nel momento in cui egli diceva:

- Piuttosto che studiare la grammatica latina, vorrei essere un formicolino.

A questo punto gli venivano spontanee due domande:

- E Maurizio? E giorgina?

Uhm!... Forse, mentre egli entrava nella famiglia formicolesca, essi non erano più che un grillo e una farfalla!

E la mamma? Povera mamma! Ella era, dunque, rimasta sola.

A questo pensiero Gigino provò una grande emozione. Poi a poco a poco, si calmò.

Ormai era fatta: egli per non aver punta voglia di studiare, s'era ridotto a desiderare di diventare quello che era diventato, e a questo non c'era rimedio.

"Chi è causa del suo mal pianga sé stesso" dice il proverbio.

Le riflessioni di Gigino furono chiuse da una considerazione abbastanza sensata:

- Io - disse fra sé - sono ora una formicola, e mi sta bene. Ma sento che sono ancora Gigino, perché se non fosse così, non potrei avere nella mia mente di formicola tutti questi ricordi. Dunque son superiore a questi insetti, e così potrò fare quel che mi pare e piace.

La formica che gli stava davanti, riprese la parola:

- Tu devi aver fame senza dubbio.

- Eh! Non c'è male, - rispose Gigino che sentiva, infatti, un certo appetito.

- Prendi dunque, - replicò la formica mettendogli innanzi alla bocca un pezzettino di roba di un sapore dolcissimo.

- Che rob'è?

- È sciroppo di Gorgoglione.

- Non so che cosa sia, ma è eccellente, - soggiunse Gigino, leccandosi le labbra.

Intanto, mangiando, aveva fatto un'altra osservazione.

La sua bocca era una bocca curiosissima.

Essa era formata di due grandi e forti mandibole, fatte come le due morse d'una tanaglia, con gli orli smerlati a sega.

Ma non erano queste che aveva adoperato per mangiare.

Egli aveva sentito il cibo con le mascelle inferiori poste al disopra delle mandibole, una specie di labbra nelle quali era evidentemente riposto il senso del gusto, e con le quali aveva lambito lo squisito sciroppo.

- Perdoni se son curioso, - disse alla formica che gli stava dinanzi - ma se noi formicole non mangiamo che di questa roba morbida e umida, che cosa mastichiamo con questo paio di tanaglie?

- Niente. Esse non servono per masticare.

- No? O allora che ce ne facciamo?

- Le mandibole le adoperiamo per difenderci e per lavorare.

- Per lavorare?

- Precisamente; e questo lo vedrai con l'esperienza.

Gigino non poté fare a meno di storcere quella bocca ch'egli credeva fatta solamente per mangiare.

La formica gli si avvicinò amorosamente e ricominciò a leccarlo.

- Ah! ah!... - gridò Gigino a un tratto, ridendo. - La scusi sa, ma a far così la mi fa il pizzicorino.

La buona formica rise anche lei e soggiunse:

- È naturale. Io ti ho toccato nella parte più sensibile del tuo corpo. Ti ho toccato nelle antenne.

- Nelle antenne? O che son diventato un bastimento? - disse Gigino maravigliato.

- Le antenne sono queste che hai in mezzo alla testa: senti.

La formica gli toccò infatti due organi, ai quali Gigino non aveva posto fino allora attenzione.

Egli si scosse, ed esclamò un po' sconcertato:

- Ma queste a casa mia si chiamano corna!

- Chiamale come tu vuoi, benché sieno tutt'altro che di materia cornea, perché sono invece di una delicatezza straordinaria. Il solletico che hai sentito ti provi che sono organi di tatto sensibilissimi. Guai se non avessimo le antenne! Esse ci servono per riconoscere le vie percorse, per farci i segnali, per evitare gli ostacoli.

- Eh! quante cose!

- E non basta. Nei pori che abbiamo all'estremità delle antenne è riposto l'odorato.

- Curiosa! - mormorò Gigino - non mi sarei mai immaginato che il naso mi andasse a finire in cima alle corna!

- E di più, abbiamo nelle antenne anche l'udito.

Qui Gigino, all'idea di avere gli orecchi così lunghi, rimase un po' mortificato.

- Senza questi organi - continuò la formica - dove risiedono i sensi più necessari, come potremmo fare a viver qui all'oscuro?

Gigino a queste notizie, si spiegò perfettamente come egli senza veder nulla, fosse riuscito con l'aiuto di un odorato finissimo e di un delicatissimo udito a raccapezzare dove si trovava.

- Di una cosa sola mi dispiace - disse con accento malinconico.

- E di che?

- Di non avere gli occhi.

La formica a quest'uscita fece una risata, e lo accarezzò con benevolenza.

Gigino per la prima volta pensò che egli non aveva ancora detto una parola per ringraziarla della bontà che gli aveva dimostrato, e disse un po' confuso:

- Scuserà, cara signora... come si chiama lei?

- Fusca.

- Scuserà, cara signora Fusca se ancora non ho avuto il pensiero di dirle neanche grazie; ma lei mi ha detto tante cose strane, che non ho più il cervello a posto.

- Ti pare! Io ho fatto il mio dovere.

- Il suo dovere?

- Sicuro: ho fatto ciò che anche tu dovrai fare alle formiche che nasceranno dopo di te.

- Questa poi, se lei non ha la gentilezza di spiegarsi, non la capisco...

- È una cosa un po' complicata, ma tutto ti apparirà chiaro quando assisterai alla lezione.

A questa parola Gigino fece un salto indietro con tutt'e sei le gambe che ora possedeva, e avrebbe voluto magari averne una dozzina, per farlo più grande.

Come! Egli per sfuggire alle lezioni si era adattato a diventare una formica e, dopo questo, si trovava daccapo a sentir parlare di lezioni?

Ma era un tradimento!

- Perdoni.... scusi tanto; - disse Gigino con voce tremante - ma io devo avere inteso male. Che cos'ha detto?

- Ho detto che domani vi sarà la lezione, cioè la spiegazione di molti problemi che una formica deve saper risolvere con le proprie nozioni.

Gigino restò come una formica pietrificata.

Lezione! Spiegazioni! Problemi! Nozioni.... Sicuro: anche le nozioni!

- Scusi se sono indiscreto; - disse Gigino con rabbia riconcentrata - ma non ci sarebbe, per caso, anche la grammatica latina?

La formica non capì, e si allontanò per dire qualche parola ad alcune compagne che stavano in conciliabolo poco lontano.

Allora Gigino si sentì come un nodo alla gola, e fu lì per lì per mettersi a piangere.

Ma poi pensò che tanto era inutile, perché non aveva occhi; e rimontato sul bozzolo vuoto, si mise a sonarci sopra il tamburino con le due gambe davanti.

IV. Una mamma di formiche.

Poco dopo la formica tornò a lui dicendogli:

- Scendi, e vieni con me.

Gigino scese dal bozzolo e constatò per la prima volta che poteva reggersi anche sulle due sole gambe di dietro.

Probabilmente in lui che era stato un bambino, gli eran rimaste, oltre la memoria e l'intelligenza, parecchie altre facoltà dell'uomo, ciò che valse a consolarlo di molte amarezze.

Egli seguì la formica, la quale lo condusse a traverso a vari corridoi, finché a un certo punto Gigino dette un grido di meraviglia e di gioia.

Egli non era cieco, no! Aveva gli occhi, ci vedeva... e come ci vedeva!

Era arrivato, con la formica, in una vasta sala, nella quale da un'apertura superiore filtrava un debole raggio di luce, e che doveva essere certamente la stanza d'ingresso della casa delle formiche.

Ma ciò che colpiva di più Gigino non era quello che vedeva: era il modo col quale vedeva.

Il suo sguardo era uno sguardo nuovo per lui; uno sguardo grande grande, col quale, senza bisogno di muovere né gli occhi né la testa, vedeva confusamente nello stesso tempo tutto ciò che gli era dinanzi, dalle parti, per aria, dovunque.

Egli si trovava in una specie di grotta sostenuta da varie colonne, molto pulita, con le pareti assai lisce e abbastanza regolari: alla sua destra e alla sua sinistra parecchie formiche parevano affaccendate in un lavoro di grande importanza; dinanzi a lui una formica lo guardava con benevolenza e quasi sorridendo, come se avesse preveduto la sua maraviglia.

Gigino vide tutto questo contemporaneamente.

- Che cos'hai? - gli domandò la formica, sempre sorridendo.

- Ho gli occhi! - disse Gigino - E questo mi fa molto piacere. Ma io vorrei sapere come mai senza girarli e senza bisogno di voltar la testa posso vedere ogni cosa intorno a me, in punti così diversi.

- Prima di tutto devi sapere - rispose la formica - che gli occhi non si girano per niente.

Gigino riscontrò che era vero.

- Da ciò dunque - continuò la formica - deriva la necessità di avere gli occhi conformati in modo di potere abbracciare una larga visuale; e la natura previdente, che concede a tutti gli esseri gli organi adatti alla loro condizione, ha dato a noi formiche due occhi composti.

- Come sarebbe a dire?

- Sarebbe a dire che i due occhi che abbiamo ai lati della testa, sono formati di tante faccettine esagonali convesse, le quali non sono che tante lenti, ossia tanti piccoli occhi completi, che guardano in tutte le direzioni.

Gigino si avvicinò con curiosità alla sua interlocutrice, e le guardò gli occhi che erano infatti tutti sfaccettati.

- Diiio!... - gridò maravigliato - quanti sono!

- Anzi - riprese la formica - noi non ne abbiamo molti. I nostri due occhi composti sono formati da poche faccette, le quali spesso sono meno di cento.

- E le par poco? - interruppe Gigino stupefatto.

- In confronto agli occhi di molti insetti, specialmente di quelli che vivono nell'aria, è un'inezia. Le mosche, per esempio, hanno gli occhi composti di quattromila faccette.

- Quattromila?

- Sì. E le libellule ne hanno più di dodicimila.

Gigino stava per fare un gesto di suprema maraviglia, ma la formica lo scombussolò addirittura concludendo:

- E la Mordella ha gli occhi formati da più di venticinquemila piccoli occhi. Che ne dici?

- Dico - rispose Gigino - che se per disgrazia codesta signora ci vedesse poco, non basterebbero tutti gli occhiali del mondo per rimetterle la vista.

Ma pensò subito che la formica non poteva capire questa sua osservazione poco formicolesca, e riprese:

- O io, scusi, quanti occhi ho?

- Aspetta, li conto.... Ecco; i tuoi due occhi composti hanno sessanta faccette per uno.

- Sicché posso dire d'avere centoventi occhi?

- Sicuro, senza contare gli occhi semplici.

- Come? Ho degli altri occhi? O non bastavano centoventi?

- No. Con i due occhi composti vediamo tutto ciò che è dintorno a noi, ma non si potrebbero distinguere nettamente gli oggetti vicini. Per questo abbiamo gli occhi semplici, e sono appunto quelli coi quali tu mi guardi.

Gigino osservò la formica, e vide infatti, che al vertice della testa, disposti a triangolo, aveva tre occhiettini lisci, tondi, di uno splendore quasi di madreperla.

- Fatta la somma - disse Gigino io verrei ad avere centoventitré occhi.

- Precisamente.

- Allora, scusi sa, ma avrei bisogno di cinque minuti di riposo per poter digerire questa notizia. Che vuole? Il trovarmi tutti questi occhi, per me che credevo di non averne punti, è una cosa che mi mette proprio in pensiero.

Gigino ripeté fra sé:

- Centoventitré occhi! Nespole del Giappone! E pensare che se ritornassi bambino mi toccherebbe a studiare con tutti i centoventitré!.... Mi sento rabbrividire solamente a pensarci.

A un tratto un grido echeggiò nella stanza:

- Attente, attente! Largo!

Era entrata nella vasta sala una formica con le ali, che camminava un po' arrembata, ed era seguita da cinque o sei altre formiche senza ali, le quali, a prima vista, pareva che la spingessero in avanti.

Ma avvicinatosi, Gigino poté vedere distintamente che la formica con le ali, camminando, lasciava dietro di sé certe pallottoline un po' ovali, e notò che le formiche le raccattavano e se le mettevano in bocca.

- Che cosa vedi? - domandò la formica a Gigino, il quale era rimasto addirittura scandalizzato.

- Uhm! Io, a dir la verità, vedo di grandi porcherie!

- Tu dici così - osservò la formica - perché non sai di che si tratta. Quella formica con le ali che credi faccia chi sa che cosa, è una femmina la quale è venuta qui nel suo formicaio a far le uova.

- O tutte quelle altre che cosa fanno?

- Le raccolgono, le inumidiscono con la lingua per farle crescere e le recano al luogo loro assegnato.

- Pensare.... - esclamò Gigino ricordandosi di quel terribile momento in cui s'era sentito scemare a poco a poco - pensare che io sono stato in un uovo a quella maniera!

- Sicuro. Il tuo uovo fu trovato fuori del nostro formicaio, e fu portato fin qui da due formiche.

- E io che le presi per due becchini! - pensò Gigino.

Ma si guardò bene dal raccontare la sua storia, parendogli che non gli mettesse conto.

- Perché tu abbia un'idea delle cure che ti sono state usate, vieni con me.

E la buona formica lo condusse a un lato della stanza, dove erano ammucchiate centinaia d'uova che parevano tanti chicchi di grano di colore bianchiccio e poco lucido.

- Come tutti gli insetti, meno rare eccezioni - riprese la formica - anche noi passiamo per quattro stati.

- Come dire?

- Guarda: il primo nostro stato è l'uovo. Quest'uovo dopo qualche giorno cresce, si ricurva all'estremità, diventa più trasparente e si muta in larva.

- Lo dicevo io, che c'era anche il latino! - borbottò Gigino, il quale si ricordava, per miracolo, che larva è una parola latina la quale significa maschera.

Poi soggiunse ad alta voce:

- Uhm! si vede che per le formiche il carnevale viene di luglio.

V. Gigino, dopo essere stato uovo, larva e ninfa si trova a non essere né maschio né femmina.

Fusca, senza badare a quel che diceva, lo condusse da un'altra parte della sala, dove erano delle lunghe sfilate di cosi (lì per lì Gigino non trovò altro nome più proprio) che a prima vista parevano tante formiche mascherate da Pulcinella.

Erano certi cosi molli, di una forma curiosa, che incominciava da niente e s'andava giù giù gonfiando precisamente come una grossa lacrima nel momento che scende giù da un occhio e va ingrossando e pigliando colore su un viso molto sudicio.

Essi erano disposti in diverse file a regola d'altezza, proprio come se fossero stati nei banchi di una scuola, e ognuno osservando da vicino questi bachi originali, vide che avevano una testina piccina piccina, e che erano senza occhi e senza gambe.

Parevano, insomma, salvo le proporzioni, tanti berretti da notte riempiti di cenci e poi richiusi in fondo con una cucitura.

Gigino si messe a ridere a più non posso.

Riverite, mascherine! - esclamò alzando le antenne. - Che mi sapreste dire quante corna son queste?

Ma si accorse subito che alcune formiche che erano lì, lo guardavano male.

- Smetti! - gli disse severamente la formica che lo accompagnava - e pensa che anche tu sei stato come loro.

- Come! io sono stato brutto a quel modo?

- Sicuro: e se sei diventato così, lo devi alla nostra continua assistenza.

Gigino vide, infatti che le formiche che lo avevano guardato male, erano tutte intente a imboccare le larve che esse circondavano di cure affettuose come tante buone nutrici.

- E quanto si resta in quello stato? - domandò Gigino tornato serio.

- Secondo: ci si può rimanere un mese e anche nove.

- Nove mesi? O io quanto tempo son rimasto a quel modo?

- Tu hai fatto presto: dopo una ventina di giorni hai lasciato il tuo stato di larva e sei diventato una ninfa.

- Una ninfa?

- Sì; quando le larve hanno raggiunto il massimo del loro crescere entrando nel terzo stato, ossia si trasformano in ninfe. Eccole, guarda.

La formica in così dire lo condusse dietro una colonna, dove stavano allineate certe formicole così ridicole, che egli dovette fare uno sforzo per non mettersi a ridere più di prima.

- E queste si chiamano ninfe? - disse Gigino. - Io le chiamerei piuttosto formiche ciondoloni.

Infatti erano formiche dal corpo molle e biancastro, con le gambe e le antenne ripiegate, dall'aria cascante come se fossero tutte state intinte nell'olio.

- Sicché - disse Gigino - io sono stato anche a quel modo?

- Sì; e hai allora smesso, come loro, di mangiare e, benché non tutte le ninfe facciano così, ti sei filato un bozzolo chiudendotici dentro, e quando sei arrivato alla tua quarta trasformazione, cioè allo stato di insetto perfetto come sei ora, hai cominciato a raspare nelle pareti della tua prigione e io ti ho aiutato a uscir fuori.

Gigino, che guardava la sua interlocutrice con tanto d'occhi, esclamò:

- Che cosa mi dice! Io avrei sempre creduto che le formiche venissero così, bell'e fatte.

- Eppure tutti gl'insetti passano per queste metamorfosi e, nella vita, ne vedrai anche di quelle più maravigliose.

- Sicché io sono stato uovo, poi larva, poi ninfa, poi mi son fatto il bozzolo...

- Sicuro: quel bozzolo che gli uomini in generale chiamano erroneamente uovo di formica.

Sarà! Ma quello che mi fa più maraviglia è di non ricordarmi di nulla.

- Sfido! In quel tempo la tua intelligenza non era formata, come non era formato il tuo corpo.

Questa ragione lo persuase. E poi Gigino pensava fra sé:

- In fondo anche gli uomini, dallo stato di marmocchi tutti testa e tutti pancia, e che han bisogno d'essere imboccati, allo stato perfetto cioè quando arrivano ad avere tanto di baffi e di barba, passano per una serie infinita di trasformazioni fisiche e morali.

Ma un altro fatto, per lui nuovo e meraviglioso, venne a richiedere la sua attenzione.

La formica con le ali, la quale aveva finito di far le uova, stava rincantucciata in un angolo, e pareva occupata a un gran lavoro difficile e doloroso, perché non faceva altro che dimenare le gambe su sé stessa, e ogni tanto diceva:

- Ohi! ohi!

Di lì a poco Gigino vide che essa, tenendo le quattro ali aperte e scalzandole con le zampe, riuscì a staccarsele tutt'e due e a buttarle via.

Dopo questo lavoro, la formica détte un gran sospirone e disse tranquillamente:

- Ecco fatto!

E le altre che erano nella stanza risposero in coro:

- Evviva!

Gigino si volse alla formica sua compagna:

- O questa? - disse semplicemente, con sessanta punti interrogativi per ciascun occhio composto, e tre punti ammirativi nei tre occhi semplici davanti.

- Te lo spiego subito, - rispose pronta la formica. - Quella lì, come ti ho detto, è una femmina. Essa, invece d'andare e prender marito per aria, come fanno moltissime, lo ha preso vicino al nostro formicaio, sotto la nostra sorveglianza, e così è potuta tornare in casa sua dove, da femmina saggia com'è, si è strappata le ali per sfuggire la tentazione di volar via, rimanendo invece qui tra noi a continuare a far le uova per accrescere la nostra famiglia.

- Un momento, un momento! - esclamò Gigino che incominciava e sentirsi una gran confusione nella testa. - La maggior parte delle formiche pigliano marito per aria? Questa, scusi, non la capisco.

- Eppure è così.

- Ma noi non abbiamo ali: e allora, di grazia, come fanno le femmine a sposarci per aria?

- Che c'entriamo noi? I maschi hanno le ali come le femmine.

Gigino credeva di diventar matto.

- Ma la scusi un pochino. Lei dice: le femmine hanno le ali, e sta bene. I maschi hanno le ali, e va benone. Ma che si potrebbe sapere, allora, che cosa siamo noi che non le abbiamo?

- È semplicissimo. Noi non siamo né maschi né femmine.

- Eh?

- Noi siamo formiche neutre.

A questa notizia, Gigino, se non fosse stato di carnagione molto nera, sarebbe diventato bianco come un cencio di bucato.

Egli prima di tutto ci teneva a esser maschio.

Pure dal momento che aveva voluto essere una formica, se fosse diventato femmina, pazienza. Ma non essere nulla, non essere né un maschio né una femmina era una cosa che non poteva mandar giù e ripeteva fra sé rabbiosamente:

- Neutro! Dunque io sono neutro come quei maledetti verbi che non sono né attivi né passivi, e che non si arriva mai a trovare la maniera di coniugarli!

E in un impeto di disperazione gridò alla formica che pareva si aspettasse quella sfuriata:

- Io non voglio essere neutro: ha capito? Perché lei ha da sapere che qui si è mancato ai patti, e che io ero un maschio e intendevo di rimanere un maschio, e che quel signore con la palandra verdognola non aveva il diritto di farmi diventare quel che gli pareva e piaceva; oppure se aveva un po' d'educazione, avrebbe dovuto dirmelo prima! Insomma, pochi discorsi: io voglio essere un maschio e voglio le ali... Anzi, la guardi: non si potrebbe fare in modo d'appiccicarmi quelle che si è levato quella formicola che fa le uova?

La formica sorrise con benevolenza e rispose:

- Questo tuo sfogo è naturale, perché s'invidia sempre coloro che hanno l'apparenza di essere più felici di noi. Ma, credilo, se spesso si potessero studiare da vicino coloro che furono l'oggetto della nostra invidia, noi ringrazieremmo sempre la Natura del destino che essa ci ha imposto.

Ma per quanto la formica dicesse, per Gigino il colpo era stato troppo forte.

Come nel momento in cui aveva sentito dire che era vicina l'ora della lezione, egli sentì un nodo alla gola, e recatesi le prime due gambe alla fronte, fu lì per lì per dare in uno scoppio di pianto.

Ma poi, sul più bello, pensando che gli toccava a piangere da centoventitré occhi, gli parve troppa fatica, e disse fra sé:

- Se, Dio guardi, mi metto a piangere con tutti questi occhi, c'è da veder tornare il diluvio universale!

VI. Un serpente gigantesco.

- Vieni con me, tu che vuoi essere un maschio, - disse a un tratto la buona formica.

E presolo a braccetto, o meglio a gambetto, lo fece salire all'ingresso principale del formicaio, che era precisamente l'apertura dalla quale era illuminata la sala.

Appena fuori, Gigino, che passava oramai di sorpresa in sorpresa, vide tre formiche alate con la testa più piccola delle altre, che si dibattevano per terra cascando da tutte le parti, facendo ogni tanto una capriola.

- Che vi duole la pancia? - domandò Gigino accostandosi a quegli insetti disgraziati.

Uno di loro rispose balbettando:

- Cù, cù!... Ah, ah... Sì, sì...

- Enneono, asino! - esclamò Gigino con dispetto. - Non ho mai visto esseri più stupidi di questi.

- Eppure, vedi, questi sono i nostri maschi.

- Davvero?

- Sì. E come tu vedi, non sono dotati di molta intelligenza né di molta forza.

- Sfido io! Non sanno discorrere né stare zitti.

- La loro missione è compiuta: essi han fatto il loro volo con le femmine e poi son caduti giù sfiniti, e fra breve moriranno.

Infatti due erano già rimasti lì a gambe all'aria, stecchiti, e uno seguitava a far capriole ripetendo ogni tanto:

- Sì, sì.... Cù, cù....

- Vorresti tu - disse la formica - far cambio con loro?

- Con quei grulli lì? No davvero!

- E poi essi vivono pochi giorni, mentre noi possiamo vivere, se non ci succedono disgrazie, un anno, due... e magari nove!...

- Dico la verità: - disse Gigino che s'era fatto pensieroso - piuttosto che non essere un maschio, vorrei essere una femmina.

- Non ci guadagneresti molto. Anche le femmine che prendono il volo coi maschi devono attraversare parecchi pericoli, e se riescono a non essere mangiate vive dagli uccelli, non riescono mai a ritrovare la loro casa.

- Vuol dire che ne troveranno un'altra.

- No, perché non c'è nessun formicaio che accetti una formica estranea.

- Allora - disse Gigino che era un bambino logico - nessun formicaio avrà le uova; non essendoci le uova, non verranno fuori le larve; senza larve non ci saranno ninfe, e senza ninfe non ci saranno formicole; sicché si avrebbero i formicai senza formicole.

- Il ragionamento sarebbe giusto, se noi formiche neutre fossimo senza cervello. Ma noi che ne abbiamo dimolto, stiamo attente che le femmine non volino via, e quando è il momento, le riportiamo in casa a far le uova come hai visto dianzi.

- E le femmine e i maschi di dove nascono?

- Nascono dalle uova, come tutte le altre formiche.

- E io?

- Abbiamo trovato il tuo uovo sopra una panchina di pietra, e l'abbiamo riconosciuto per un uovo della nostra famiglia.

La formica tacque un momento; poi riprese:

- Dunque sta' bene attento. Per noi formiche, esser maschi vuol dire fare una volatina per aria e poi cascare in terra e morire istupiditi. A esser femmine poi ci sono due strade: o adoprar le ali e volare, e allora si finisce male dicerto: oppure, per salvarsi, non adoprar le ali e rimanere in terra sequestrate, per essere costrette in ultimo a staccarsele. Come tu vedi, dunque, mette poco conto ad averle. Mentre noi formiche neutre che non le abbiamo, siamo padrone di casa, lavoriamo onestamente e meritiamo da tutti il titolo onorifico di formiche operaie.

Gigino, per quanto l'idea di lavorare gli andasse poco a fagiolo, non poté fare a meno di convenire che la formica aveva ragioni da vendere e disse:

- Eh sì: bisogna che riconosca d'avere avuto torto a lagnarmi del mio stato.

- Impara dunque: - sentenziò la sua interlocutrice - che quando una formica vive del suo lavoro, non ha ragione di invidiare nessuno, e pensa che spesso le apparenze ingannano e che non sempre le ali impediscono di romperti il collo in terra.

Gigino in cuor suo tradusse l'ammonimento nel proverbio: "Non è tutt'oro quel che riluce" e non fiatò.

Intanto fuori del formicaio erano salite a gruppi parecchie formiche nate da poco tempo, e condotte da quelle più adulte a pigliare una boccata d'aria.

Gigino si avvicinò a una delle sue coetanee che lo guardava con un certo interesse, e stava per attaccar discorso, quando una voce gridò poco lontano:

- Sorelle, accorrete, che c'è bisogno d'aiuto!

Era una formica dall'apparenza robusta, la quale avvicinandosi continuò:

- C'è una grossa preda da trascinare in casa, ma siamo appena una dozzina e non ne veniamo a capo.

La nutrice di Gigino disse subito alle altre formiche anziane:

- Andiamo, e portiamoci anche le nostre allieve. L'esempio del lavoro vale molto più che predicarlo.

La giornata era splendida, e a Gigino non dispiacque l'idea di una passeggiata; senza contare che egli si era sempre molto divertito a veder lavorare; tant'è vero che quand'era un bambino diceva spesso a suo fratello Maurizio:

- Vedi: se io diventerò un signore, darò del lavoro a tutti..., e farò in modo che non ce ne resti mai per me.

Le formiche, dunque, si diressero tutte per una via assai irregolare e montuosa, mentre quella che aveva recato la notizia della preda, e che precedeva le altre per indicar la via, diceva fra sé:

- Vorrei sbagliare, ma per queste strade non bastano neanche mille formiche a trasportarlo in casa.

Arrivata a un certo punto si fermò, e volgendosi a coloro che la seguivano, esclamò:

- Eccoci: è dietro quel piccolo monte.

Superato il monte, Gigino alzò al cielo le due gambe davanti con un gesto di grande maraviglia.

Un enorme serpente, la cui gigantesca struttura faceva uno strano contrasto col color di rosa della sua pelle, era alle prese con una ventina di formiche, le quali non parevano impensierite per niente delle spaventose dimensioni del mostro.

VII. Come le idee di un bambino valgono meno delle idee di una formica.

Il serpente era straordinariamente lungo, e la sua lunghezza, bisogna notarlo, non si limitava a quella che si vedeva, perché il mostro andava a finire dentro una tana, nella quale tentava con tutti gli sforzi di ritirare il resto del suo corpo.

Ma le formiche lo tenevano fermo e anzi cercavano, con un ardire che a Gigino parve piuttosto temerità, di tirarlo fuori tutto.

- Ma questa è una pazzia, - disse rivolto alla sua nutrice. - Non vede come è grosso in paragone a noi? Se apre bocca, Dio liberi!, mangia cento formiche in un boccone.

- Prima di tutto - rispose con fierezza la formica - devi sapere che noi non abbiamo paura di nulla. Poi devi ricordarti che ti ho insegnato a non fidarti mai delle apparenze. Quello lì, vedi, non è che un verme della classe degli Anellidi e dell'ordine dei Chetopodi.

Gigino avvicinatosi un poco, e osservato bene il mostro, esclamò:

- Eh, quanto lusso di parolone difficili! Senza farla tanto lunga mi poteva dire che è un lombrico, e avrei capito subito.

- Per noi, invece, è utilissimo il saper dividere gli animali fra i quali viviamo secondo la loro struttura e le loro abitudini.

Per quanto Gigino con la sua intelligenza di bambino avesse veduto che non si trattava d'altro che di un lombrico, ciò non scemava ai suoi occhi di formica l'importanza della lotta.

In confronto dei suoi assalitori, il lombrico era sempre un serpente gigantesco.

Intanto tutte le formiche, giovani e vecchie, s'eran messe intorno al mostro, e Gigino, non volendo essere da meno delle altre, si mise anche lui a lavorar di gambe attorno al serpente.

- E questa, che roba è? - domandò accorgendosi che il lombrico era bagnato di un liquido acre, che pareva sugo di limone.

- È il nostro veleno; - rispose Fusca - il veleno che adopriamo contro i nostri nemici.

Era infatti l'acido fòrmico, che è chiamato così appunto perché è prodotto dalle formiche, le quali lo emettono dalla estremità dell'addome.

A un certo punto, vedendo che il mostro non si muoveva, Gigino ebbe un'idea:

- Perché - disse - non lo spezziamo con le nostre mandibole?

- Sarebbe una sciocchezza imperdonabile. Gli anellidi non muoiono a spezzarli, e questo signore pagherebbe un tanto per poter salvare quella metà di sé stesso che è ancora dentro la tana.

Gigino, che era persuaso d'avere un'intelligenza superiore a quella delle formiche, rimase mortificato di fronte a una ragione così evidente.

Le robuste operaie continuavano intanto a tirare, facendo sforzi eroici, ma il serpente rimaneva fermo.

Come mai?

Gigino osservò che esso aveva sotto la pancia certe piccole setole, con le quali si teneva afferrato alla terra, e concluse che per quanti sforzi facessero le formiche, il lombrico non sarebbe uscito dal buco un millimetro di più.

Ci fu uno sconforto generale.

Ma a un tratto una formica montata sul corpo del mostro, gridò alle altre che continuavano a tenerlo fermo, perché non si ritirasse nel buco:

- Un'idea!

- Sentiamola, - gridarono le altre in coro.

- Questo stupido non vuol lasciar la terra. Ebbene! Noi gli leveremo la terra di sotto!

Gigino si trovò un po' mortificato per la seconda volta perché, mentre egli non capiva nulla, tutte le altre mostravano di avere afferrata pienamente l'idea. Infatti, mentre dieci formiche rimasero a tener fermo il lombrico, tutte le altre si raggrupparono all'orlo del buco, nel quale era rintanata una parte del serpente.

Gigino vi accorse seguendo la sua nutrice, la quale gli disse:

- Incomincia ad esercitare le tue mandibole, e scava sotto il verme.

In questo lavoro Gigino poté accorgersi che, se le mandibole erano nelle formiche poco adatte al genere dei loro cibi umidi e sciroppposi, erano però strumenti formidabili, che si prestavano benissimo all'ufficio di piccone, di leva, di zappa e di pala.

Smussato l'orlo del buco, le formiche continuarono a scavare giù giù finché non misero allo scoperto l'altra estremità del mostro, il quale venne in tal modo a trovarsi tutto disteso in un solco quasi diritto, in cui non poteva più aggrapparsi con le sue setole né spiegare la forza dei suoi anelli come prima. Infatti, mentre prima egli, trovandosi metà steso in terra e metà sepolto lungo la sua tana, era piegato in angolo, ciò che gli dava una forza di resistenza non indifferente, ora giaceva in una fossa obliqua dalla quale le formiche, unendo tutti i loro sforzi, non tardarono a tirarlo su.

Gigino calcolò con sgomento che il verme era lungo non meno di quindici centimetri, una lunghezza enorme in confronto di una formica.

Non che egli avesse paura. Oramai aveva visto le sue compagne alla prova, aveva avuto un esempio della loro intelligenza e della loro destrezza, e aveva esperimentato di quali armi terribili fossero dotate.

Ma ora non era più questione di mandibole: era questione di trascinare quel corpo così lungo e pesante fino a casa.

Il lavoro fu faticosissimo: le formiche disposte alla testa, alla metà e alla coda del verme, malgrado gli sforzi che esso faceva per liberarsi dai potenti avversari, erano riuscite a trascinarlo per un bel tratto di strada, e Gigino, che a quello spettacolo era stato preso da un sincero sentimento di ammirazione, pensava fra sé:

- Chi mi avrebbe detto, quando ero bambino, che le formiche fossero così forti e coraggiose? Eppure chi sa quante volte ho assistito indifferente a una scena simile, senza dare nessuna importanza a un'impresa che ora mi appare addirittura eroica?

Ma l'eroica impresa trovò, da lì a poco, un ostacolo insormontabile. Il suolo era coperto d'erba e appariva impossibile il trasportare quel mostro attraverso le foglie, sulle quali le formiche non avrebbero trovato la resistenza necessaria per trascinarlo e per spingerlo.

Esse si fermarono.

Allora Gigino stimò opportuno di riaffacciare la sua proposta.

- Tagliamolo a pezzi.

Le formiche erano già per decidersi a questo, quando Fusca esclamò:

- Un momento! Noi possiamo trasportarlo intero nella nostra casa.

- Ma come! - esclamò Gigino che provò un certo dispetto nel vedere per la seconda volta rigettata la proposta di una formica giovane sì, ma che aveva il vantaggio d'essere stata in altri tempi un bambino intelligente.

- Rimangano a guardia del verme - proseguì Fusca - soltanto le formiche necessarie, e le altre vengano con me. Il lavoro sarà un po' lungo, ma il verme verrà portato a casa intero.

E la formica, seguìta dalle altre, prese la via del formicaio a passo cadenzato come se avesse avuto paura a mettere i piedi in terra.

Gigino vedendola camminare a quel modo, non poté fare a meno di dirle con aria canzonatoria:

- La scusi, lei, per caso, che soffre di geloni anche nell'estate?

VIII. Il trasporto del serpente.

All'ingresso del formicaio Fusca si fermò e disse:

- La distanza di qui al luogo dove è il lombrico è di centoventi volte la lunghezza del nostro corpo.

Gigino la guardò stupefatto. Egli comprendeva ora la ragione per la quale ella aveva camminato a passi misurati.

- Tenendo conto della profondità alla quale scenderemo, - proseguì Fusca - non sarà difficile trovar la direzione giusta. All'opera dunque.

Le formiche scesero giù in casa, e arrivate a un certo punto, Fusca disse:

- Bisogna cominciare a scavare di qui.

E rivolgendosi a tre o quattro formiche, che stavano più indietro, aggiunse:

- Mentre noi scaveremo, voi penserete a trasportare la terra scavata fuori di casa.

Gigino incominciava a capire.

- E voialtre - disse - sperate di arrivare al punto preciso?

- Certamente, - risposero le formiche in coro.

Gigino non poté fare a meno di esclamare:

- Sbaglierò, ma mi pare che abbiate perso il cervello tutte quante!

Egli si ricordava di alcuni discorsi che, quand'era un bambino, aveva sentito far allo zio Tommaso a proposito delle difficoltà di scavare le gallerie. Si ricordava della gran festa fatta dagli operai, che lavoravano da due parti opposte al traforo del Cenisio, il giorno in cui, dopo tante fatiche e tante ansie, s'incontrarono sotto terra e poterono constatare che i calcoli degli ingegneri erano stati giusti.

- Figuriamoci - diceva fra sé - se questo è un lavoro da formicole!

- Su, su; - gli disse la sua nutrice, vedendo che stava lì a pensare - aiuta anche tu. Se tutte le volte che si ha da fare una cosa difficile ci si mettesse lì a rifletterci sopra senza mai incominciare a farla, non si farebbe mai nulla.

Il lavoro fu lungo e faticoso; erano già, secondo un calcolo approssimativo di Gigino, quattro o cinque ore che le formiche scavavano, e ancora non s'era a niente.

A un certo punto disse alla nutrice, sempre con la sua aria canzonatoria:

- Sor ingegnere illustrissimo, che mi permetterebbe un'osservazione?

- Di' pure.

- Io credo che questa galleria invece di andare verso la superficie della terra, si interni sempre più. Noi facciamo un buco nel mondo!

- E allora? - rispose sorridendo la formica.

- E allora fra un migliaio di migliaia d'anni, se Dio ci dà vita, sbucheremo in America!

Ma i fatti non potevano smentire in modo più solenne e più sollecito le parole di Gigino.

Le formiche incominciarono a scavare più piano. Esse sentivano che oramai non rimaneva da abbattere che un leggiero strato di terra.

A un tratto con l'ultimo colpo di mandibole dato dalla ingegnosa formica che aveva diretto il lavoro, un raggio di luce penetrò nella galleria, e tutte balzarono fuori gridando:

- Evviva!

Il lombrico attorniato dalle sue dieci guardiane era lì, distante dal buco appena un passo di formica.

Gigino rimase con le mandibole e le mascelle spalancate dalla sorpresa.

Egli era stato testimone, appena uscito dal bozzolo, del come le formiche sieno vigili massaie e affettuose nutrici: scavando la terra aveva veduto come esse sieno forti e coraggiosi minatori: ora poi aveva la prova più evidente del come esse sieno esperti e audaci ingegneri.

Non sapeva se più dovesse ammirare l'ingegnosità dell'idea o la precisione con la quale era stata eseguita.

- Mi rallegro con lei... - disse rivolto alla sua nutrice - non l'avrei mai creduta capace di tanto.

- Certe volte - rispose la buona formica come se avesse letto nella mente di Gigino, - questa sfiducia nelle opere altrui proviene da un po' di superbia, e succede che, non sentendosi capaci di una cosa, si crede che non possano esserne capaci neppure gli altri.

Gigino, alzata una delle gambe davanti, si dette una grattatina di testa.

- Via, via... - riprese la formica, col suo accento bonario - non dubitare neppure di te. Tu sei giovane ora, ma fra tre o quattro giorni al massimo avrai la forza, l'intelligenza e l'esperienza che abbiamo noi, e sarai una formica degna in tutto e per tutto della nostra famiglia.

Intanto il sole era già al tramonto, e le formiche si affrettarono a incominciare il trasporto del lombrico, che in un batter d'occhio fu trascinato dentro la galleria.

Alcune rimasero all'ingresso, e Gigino vide che barricavano l'apertura con fuscelli, fili di paglia, pezzetti di foglie e granelli di terra.

Esse chiudevano prudentemente la porta di casa per evitare il pericolo di qualche sorpresa notturna.

Il terribile serpente fu, dunque, deposto in una stanza; e vedendolo lungo disteso, Gigino ricordandosi di qualche componimento che aveva fatto quand'era bambino sulla previdenza delle formiche, e della favola "La cicala e la formica" del La Fontaine, che aveva letto in un bel libro pieno di figurine, esclamò:

- Ecco una buona provvista per quest'inverno!

- Per quest'inverno? - domandò la sua nutrice stupefatta.

- Sicuro... - riprese Gigino dandosi una cert'aria d'importanza. - Che crede lei che io non sappia come le formicole lavorino l'estate per provvedersi il mangiare per l'inverno, quando sono costrette dal freddo a star rinchiuse in casa?

La formica si messe a ridere a più non posso.

- Ma che cosa dici? Noi nell'inverno non si mangia.

- Non si mangia?

- No davvero. L'inverno si dorme.

- Si dorme?

- Sicuramente.

- Tutto l'inverno?

- Tutto l'inverno.

- E si fa tutto un sonno?

- Tutto un sonno.

Gigino non poté fare a meno di pensare a quante bestialità dicono gli uomini, quando vogliono scrivere sulle bestie senza conoscerle; poi soggiunse:

- E ora non andiamo a dormire?

- Niente affatto. La notte si lavora dentro casa.

- Troppo lavoro, - brontolò Gigino. - Ma in fondo, questa di serbare il sonno tutto insieme per l'inverno è una cosa che mi piace. Non fosse altro, non c'è la seccatura d'andare a letto la sera per poi alzarsi la mattina, per poi la sera riandare a letto e la mattina dopo rialzarsi daccapo..., una tiritèra uggiosa che non finisce mai!

Fusca disse ad un tratto a Gigino:

- Tu non hai ancora un'idea della nostra abitazione. Pulisciti, via, e poi risaliremo insieme verso l'ingresso.

- Pulirmi? - domandò Gigino meravigliato.

- Certamente. Durante il lavoro ci siamo parecchio impolverate, e spero che tu non vorrai rimanere involtato nel sudiciume come la ninfa di un Reduvio.

La formica alludeva alla "Cimice mascherata", che vive nelle case degli uomini e che, allo stato di ninfa, ha il corpo tutto ravvolto di uno strato di polvere, di lana e di tutto quel ben di Dio che s'ammucchia nei cantucci delle case spazzate di rado.

Questa ninfa, che fa schifo a vederla, si serve di questo suo travestimento per dare addosso alle mosche e ad altri insetti, ai quali ella dà la caccia con l'astuzia e il tradimento. Invece, giunta allo stato d'insetto perfetto getta via il sudiciume da dosso e appare il Reduvio pulito, il quale si procaccia apertamente la vita affrontandone le lotte senza ricorrere a vili ipocrisie.

Come vedete, Fusca non ebbe torto di aggiungere questa sentenza:

- La pulizia è il primo indizio di un essere franco, leale, che ha dignità di sé stesso; e noi formiche ci teniamo molto a esser pulite.

Gigino, in un momento di distrazione, esclamò:

- Ne convengo: ma come si fa, dico io, a pulirsi senz'acqua, né sapone, né asciugamno?

La formica naturalmente non capì, e riprese:

- Su, via, metti in opera le tue zampette, e fatti bello.

Gigino provò, e la prova non poteva riuscir meglio. Si accòrse che alla estremità di ogni gamba aveva una specie di piccolo pettine arcuato e dentato, col quale poté pettinarsi le antenne passandovele di sotto; e adoperando una zampa per l'altra, poté lisciare certi peletti corti che aveva pure in fondo alle zampe.

- Chi avrebbe detto - pensò fra sé - che avrei finito con l'avere i capelli quasi nei piedi?

Ma a un tratto si arrestò piagnucolando.

- Ohi, ohi, ohi!

- Che c'è?

- Oh povero me! Nientemeno m'esce il sangue da un capello!

Fusca sorrise.

- Sta' tranquillo, - gli disse - non è niente. Si vede che tu, movendoti, hai strizzato una glandola.

- Strizzato una glandola?

- Sì. Quei peletti che si chiamano pulvilli, corrispondono a certe piccole glandole, che vi comunicano un liquido fluidissimo.

- E a che serve?

- Serve moltissimo. Quando dobbiamo camminare su una superficie liscia e verticale, come credi che si faccia per reggersi? Si butta fuori da ogni pulvillo una gocciolina di questo liquido, e ciò serve per sostenere il nostro corpo senza impacciare i nostri movimenti.

Gigino, che nel lavoro di scavo aveva provato come le gambe servissero benissimo anche a grattar la terra e rigettare il terriccio mediante due artigli posti all'estremità di ciascuna di esse, non poté fare a meno di esclamare:

- Quanta roba, Dio mio, abbiamo in cima alle gambe! Gli artigli, i pulvilli, il pettine... Non ci manca altro che averci uno spazzolino per i denti, un fazzoletto da naso e una boccetta di benzina per levar le frittelle dal vestito!

- E ora - disse Fusca - andiamo su.

Mentre risalivano verso l'ingresso, Gigino sentiva intorno a sé un gran lavorìo, e spesso le sue antenne incontravano altre formiche affaccendate.

- Che cos'è tutto questo andare e venire? - domandò alla sua compagna.

- È il trasporto delle nostre larve e delle nostre ninfe. Noi formiche in generale, sentiamo molto i cambiamenti della temperatura.

- Non avrei mai creduto che le formiche fossero così soggette a essere infreddate.

- Per questo durante il giorno trasportiamo secondo l'ora le larve e le ninfe in diverse stanze. Quando il sole è ardente, per esempio, le portiamo nelle sale più sotterranee: quando in quelle c'è troppo freddo le riportiamo nelle stanze più vicine alla superficie della terra.

Gigino, che in fondo era stato sempre un buon ragazzo, pensando che anche per lui quand'era uovo, e poi larva, e poi ninfa, s'erano avute tante cure, si commosse e non poté fare a meno di dire:

- Che bestioline buone sono le formicole! Io le voglio dimolto bene, sa, e non trovo proprio parole per dirle quanta riconoscenza senta per lei, che mi ha assistito finora con tanto amore.

- Per carità, non facciamo complimenti. Tu farai ad altre quello che ho fatto per te, e io ho fatto a te quello che è stato fatto a me. Pensa che si deve sempre fare agli altri il bene che si desidererebbe fosse fatto a noi: figurati dunque se non si deve farlo quando questo bene non solo si è desiderato, ma si è anche ricevuto!

Le nostre due formiche erano giunte all'ingresso del formicaio, che era stato già barricato, e Gigino notò lungo il corridoio di uscita alcune formiche, che passeggiavano in su e in giù con una certa aria d'importanza.

- E queste - domandò Gigino - che cosa fanno?

- Sono le sentinelle. Esse vigilano alle nostre porte per esser pronte, in caso di pericolo, a dar l'allarme alle altre che lavorano giù nell'edifizio.

- Anche io - disse subito Gigino - voglio diventare una sentinella!

- Lo sarai, non dubitare, - rispose Fusca - molto più che tu prometti di diventare una formica forte e robusta, e hai, per quanto mi sono accorta, tutte le qualità per essere un buon soldato.

- Un soldato? Ma che ci sono anche i soldati fra le formicole?

- Certamente. In caso di bisogno combattiamo tutte; ma nella nostra specie le grosse operaie che hanno la testa più forte e le mandibole più potenti, sono specialmente destinate alla nostra difesa.

- Al primo combattimento - disse Gigino entusiasmato - dò la mia parola che sarò fatto generale sul campo.

E in così dire si portò la prima gamba destra alla fronte, e fece alle sentinelle il saluto militare.

X. Le mucche delle formiche.

Scendendo nel formicaio, Fusca fece visitare a Gigino gli angoli più riposti dell'edifizio.

Esso era formato da una infinità di vaste stanze che comunicavano l'una con l'altra per mezzo di corridoi e di gallerie, e che conducevano tutte a una stanza più vasta delle altre, situata nel centro del fabbricato, dove le formiche si trovavano riunite nelle ore di riposo, quando il caldo era più intenso.

Egli tastando con le sensibili antenne quelle larghe vòlte sostenute da solidi colonnati, consideravano l'esattezza di quel lavoro immenso e la giusta e ingegnosa disposizione di tutte le sue parti, non poté a meno di esclamare:

- Ma le formiche, oltre all'essere buone nutrici, forti minatori, ed eccellenti ingegneri, sono anche insigni architetti!

- Sarebbe - rispose Fusca - una falsa modestia il negarlo. Noi tutte abbiamo una passione speciale per l'architettura, ma non abbiamo, come le api, uno stile eguale. Noi lavoriamo, ognuna per conto proprio, secondo il nostro capriccio, e riusciamo perciò a creare edifizi che hanno il pregio della varietà e l'impronta di molte ispirazioni individuali.

- Sicché - disse Gigino - sarebbe difficile fare una storia dell'architettura formicolesca.

- Difficilissimo. Figurati che, oltre alla varietà dei nostri nidi sotterranei, vi sono anche quelli fatti per aria.

- Per aria?

- Vi sono certe specie di formiche che fabbricano la loro casa sui rami delle piante, legandone insieme le foglie, altre nelle galle delle querce, altre nelle fessure delle rocce o negl'interstizi dei muri, altre ancora nel legno degli alberi.

- Dunque sono scultori in legno!

- Sì: e sono bravissime!

- Anche scultori! - mormorò Gigino.

E ricordandosi un po' nella storia degli uomini di quei tempi famosi, in cui nessuno si contentava di esser bravo in una cosa sola, da Dante Alighieri che er poeta, scienziato e diplomatico, a Michelangiolo Buonarroti ch'era scultore, pittore, ingegnere, architetto, poeta e soldato, non poté fare a meno di rimuginare nel suo cervello questo pensiero, che sembrerà bizzarro, ma che non è privo di fondamento:

- A diventar formicola mi par d'essere diventato un grand'uomo!

Finora abbiamo dato al formicaio il nome di casa delle formiche. Ma piuttosto che una casa era una vera città, ingegnosamente disposta e sapientemente fortificata.

Gigino che aveva profittato dell'esempio di Fusca nel calcolare le distanze, arrivato in fondo, giudicò che l'altezza del formicaio era di almeno trecento volte la lunghezza del proprio corpo, e pensò con compassione al più grande monumento umano, alle famose piramidi d'Egitto, la maggiore delle quali è alta appena novanta volte la lunghezza media di un uomo.

Ma benché fosse tutto compreso di meraviglia e d'ammirazione per i piccoli insetti, de' quali faceva parte e che erano capaci di opere così grandi, a un certo punto, sentendo un certo stiracchiamento allo stomaco, disse senz'altro:

- Tutte cose belle! Ma giacché qui dentro c'è tutto quello che una formicola può desiderare, la mi dica una cosa: come si potrebbe regolare uno che avesse bisogno a un tratto di mettersi qualche cosa nello stomaco?

Fusca sorrise.

- Finora ti ho imboccato io, ma ora bisogna che impari un po' a mangiare da te.

- Non dubiti: in questo le prometto di riuscire.

- Andiamo dunque: così visiterai anche le nostre stalle!

Questa era la sorpresa suprema riservata a Gigino.

- Le stalle?

- Sicuro. Andremo a mungere un poco i nostri gorgoglioni.

- I nostri gorgoglioni? - ripeteva Gigino seguendo Fusca, quasi istupidito dalla maraviglia.

Egli si accòrse che la formica prendeva per una lunga galleria obliqua, tutta diritta, la quale evidentemente risaliva alla superficie della terra. A un certo punto sentì che la temperatura s'era fatta più fresca, e si accòrse che era uscito dal sotterraneo, e che il corridoio continuava in su, perpendicolarmente al suolo. Notò pure che nell'interno del corridoio s'inalzava da terra il gambo di una pianta intorno alla quale, evidentemente per proteggerla, era stata costruita la galleria aerea.

Finalmente arrivò a un vano più spazioso, e capì che si trovava in una specie di padiglione, popolato da certi insetti che lì per lì non poté definire.

Per fortuna, in quel momento entrò da una piccola finestrina un raggio di luna, e Gigino vide che gli abitanti del padiglione erano quei piccoli animalini che egli aveva osservato tante volte ammucchiati sui fusti dei rosai del suo giardino, e conosceva col nome generico di pidocchi delle piante.

- Ve ne sono di due specie: - disse Fusca - vi sono i gorgoglioni e i gallinsetti. Prendi quelli che vuoi, e mungili pure.

Gigino si trovò imbarazzato. Mungerli? Ma come? E... dove?

- Di dietro - replicò Fusa che capì la sua incertezza.

Ma Gigino si trovò più imbarazzato che mai. Di dietro? Francamente, per una formica che aveva un pettine per gamba, gli pareva una cosa poco pulita. Però egli si ricordò di avere assaggiato, quand'era bambino, certi crostini fatti di certa roba di beccaccia che erano una delizia, benché a rigore non fossero fatti di roba pulita...; e senza far più lo schizzinoso, imitò l'esempio di Fusca e incominciò a mungere un bel gorgoglione grasso, il quale si prestò volentieri all'operazione.

Gigino non tardò a riconoscere che il liquore concesso con tanta buona grazia dal mansueto insetto era quell'eccellente sciroppo che egli aveva già avuto il piacere di assaggiare; e senza farsi più pregare ne fece una tale scorpacciata che a un certo punto sentì il bisogno di pigliare una boccata d'aria per digerire.

- Andiamo un po' fuori, - disse Fusca.

E tutt'e due, passando per la finestrina, scesero giù giù lungo la parte esterna del corridoio fino in terra.

Allora, al lume di luna, Gigino vide il grazioso edifizio che dall'interno non aveva potuto ben giudicare.

Dal suolo si partiva un tubo di forma assai elegante, il quale terminava in una specie di palla che era appunto il padiglione, entro a cui stavano i gorgoglioni e i gallinsetti. Ma il più bello è che dalla sommità di quella palla usciva una magnifica pianta, ricca di lunghe foglie verdi.

- Io non capisco nulla! - disse Gigino.

- Eppure ci vuol poco a capir tutto. I gorgoglioni e i gallinsetti si cibano della scorza fresca delle piante, e a noi piace immensamente il sugo che essi mandan fuori dopo aver digerito il loro cibo. Perciò prendiamo questi insetti e li teniamo con noi per poterli mungere come abbiamo fatto.

- Stia zitta! Non ho mai munto in vita mia come stasera!

Ma per mungerli bisogna dar loro da mangiare. Ed ecco perché noi fabbrichiamo apposta per loro questo nido attorno al fusto di una pianta, nella quale trovano il loro alimento. Naturalmente, per nostra comodità, edifichiamo questa casa in comunicazione col nostro formicaio, tranne il caso in cui scavando i nostri sotterranei vi troviamo la radice di una pianta fresca, ché allora ci risparmiamo questo lavoro trasportando addirittura i gorgoglioni nella nostra casa.

Se le formicole fossero soggette a diventar pazze, come succede qualche volta a noi, Gigino avrebbe perso la testa.

L'idea che anche le formiche avevano come gli uomini le loro brave mucche, per le quali costruivano delle stalle igieniche, provvedendo loro il nutrimento per averne del buon latte, superava tutte le sorprese provate fino allora, e oltre a dargli un gran concetto delle virtù formicolesche, gli dava una certa preoccupazione.

Infatti, rientrato nel padiglione dei gorgoglioni, mentre scendeva giù lungo il canale, dirigendosi ai sotterranei del formicaio, pensava fra sé:

- Riepilogando: queste formicole sono balie, istitutrici, minatori, ingegneri, soldati, muratori, scultori, architetti e perfino pastori! Piaccia a Dio che sbagli, ma qua dentro va a finire che ci trovo anche un professore di latino!

XI. Una formica alla quale il latino fa doler la pancia.

Tornato dentro, Gigino si accorse come sia impossibile che le formiche soffrano d'indigestione.

Nell'interno del formicaio le operaie lavoravano ancora, rinforzando la galleria che era stata scavata durante il giorno o ampliandola per ingrandire il fabbricato. Due o tre di loro sentendo arrivare le due formiche, sospesero il lavoro e dissero:

- Presto, qualcuna ci dia da mangiare. Abbiamo appetito.

Fusca si avvicinò sollecitamente a una di esse, dicendo a Gigino:

- Tu che hai mangiato per quattro, sazia quelle altre due.

Prima che Gigino potesse capire, le due operaie gli si avvicinarono, e una per volta accostata la bocca alla sua, gli tirarono su dal corpo una buona porzione dello sciroppo che aveva mangiato.

Gigino rimase male dimolto.

- O che genere di scherzo è questo? - disse a Fusca, appena le operaie si furono rimesse al lavoro.

- Devi sapere - rispose Fusca - che noi abbiamo nell'organo della digestione una specie di gozzo, nel quale si accumula parte del cibo. Questa è la nostra riserva alimentare, e da essa viene il sugo, col quale diamo da mangiare alle nostre larve e spesso alle nostre compagne che sono intente al lavoro e che, diversamente, dovrebbero interromperlo per andare in cerca di cibo.

Spiegata così la cosa, Gigino non poté fare a meno di trovare in questo culto per il lavoro e nella sollecitudine per chi lavora un'altra superiorità dei costumi delle formiche su quelli dell'uomo.

- Le formiche hanno tutte una gran voglia di lavorare, ciò che non si riscontra in tutti gli uomini. Di più, le formiche quando lavorano trovano perfino chi mette loro il mangiare in bocca, mentre spesso, purtroppo, nel mondo gli uomini che lavorano non trovano da mangiare neanche a cercarlo col lanternino!

Tutte queste cose che egli aveva visto coi suoi occhi e sentito con le sue antenne, gli davano una grande idea dell'ordinamento saggio, provvido, liberale, fraterno di quei numerosi popoli di formiche ai quali, quand'era bambino, non aveva mai badato.

Egli, che entrando nel formicaio, aveva creduto con la sua intelligenza di essere superiore a tutti quei piccoli insetti, ora capiva perfettamente come essi non avessero nulla da invidiare agli uomini; neanche lo sciroppo!

E quante cose aveva visto Gigino in ventiquattr'ore! In un giorno solo aveva scoperto un nuovo mondo, del quale non avrebbe mai sospettato l'esistenza.

Ma, purtroppo, in tutti i mondi c'è il suo bello e il suo brutto.

Questa riflessione Gigino la fece la mattina dopo, quando Fusca venne a dirgli:

- La giornata è splendida. Esci fuori con le altre formiche giovani, ché vicino all'ingresso avrà luogo la lezione.

A questa parola Gigino s'era sentito andar via tutto l'entusiasmo, e di mala voglia, strascicando tutt'e sei le gambe, salì su, dietro le sue compagne.

Esse si riunirono sotto una larga foglia di zucca che era vicino all'ingresso del formicaio mentre sopra un piccolo sasso prendeva posto una formica dall'aria molto grave, con la stessa solennità come fosse salita in cattedra.

Gigino sentì bisbigliare intorno che quella era la più vecchia formica del villaggio, che aveva visto molto mondo e studiato una gran quantità di cose.

- Care formicoline, - incominciò subito il professore - non sarà male, io credo, che voi, venute alla vita da poco, sappiate qualcosa sul vostro conto, e io sono lieto di potervi dare qualche nozione generale intorno alla storia politica e sociale del nostro popolo.

Qui il professore si rischiarò un po' la voce, e riprese:

- Noi apparteniamo al più illustre ordine degli insetti, all'ordine degli imenotteri, a quell'ordine che vanta i due insetti più ingegnosi, più laboriosi e più civili: l'ape e la formica. Il nostro popolo è sparso per tutto il mondo in migliaia e migliaia di razze diverse, dalla piccola e industriosa formica bruna al gigantesco Citone rapace, dalla tranquilla formica flava all'audace formica amazzone, che vive di furto. Noi fortunate, mie care, che possiamo vantarci di vivere, costituite in civili repubbliche, col nostro lavoro, tutte sottoposte agli stessi doveri, tutte investite dei diritti medesimi, in una società basata sulla reciproca stima e sull'amore fraterno.

A questo punto Gigino che vedeva andar la cosa per le lunghe, credendo che nelle scuole formicolesche vi fossero gli stessi sistemi che in quelle dei bambini, alzò una gamba davanti per chiedere il permesso di assentarsi un momentino per sbrigare una faccenda di premura.

Ma il professore non capì o fece finta di non capire, e seguitò il suo discorso patriottico.

- Spesso io, nelle gravi meditazioni della mia vecchiaia, mi lascio trasportare da un roseo sogno e vedo lontano lontano un avvenire più grande e più luminoso per i nostri popoli. Noi siamo oggi, per false tradizioni e per falsi interessi, divisi in tante tribù condannate a far guerra l'una contro l'altra: noi non conosciamo la dolcezza dell'ospitalità, e mettiamo crudelmente a morte qualunque formica straniera osasse penetrare nel nostro villaggio. Ebbene, chi sa! forse verrà giorno in cui tutte le formiche del mondo riconoscendo i loro antichi errori e meglio intendendo i loro interessi e la loro missione, uniranno le loro forze, e sparite le assurde inimicizie, diverranno il primo popolo fra gli insetti. Allora noi vedremo le razze più diverse, dalla "Lasius" europea all'americana "Atta Cephalotes"...

- Ohi, ohi, ohi...

L'interruttore era Gigino, al quale quel "Lasius" e specialmente quel "Cephalotes" eran rimasti sullo stomaco, e che si contorceva da tutte le parti.

XII. Ciondolino torna in iscena.

Il professore, interrotta la lezione, si affrettò a scendere dal sasso dal quale predicava, e avvicinatosi a Gigino gli domandò:

- Che cos'hai?

- Ohi, ohi! Mi sento male qui, qua, quassù, E poi mi duole lì, più in là e anche laggiù.

Il professore che s'intendeva molto anche di medicina e di chirurgia, incominciò a esaminarlo:

- Lesioni non ce ne sono. Il tuo corpo è formato, come quello di tutti gl'insetti, della testa, del torace e dell'addome, e hai tutt'e sei le gambe. Ti duole qui?

- Mi duole qui, qua...

- E quaggiù, ho capito. Eppure il sistema muscolare è perfetto, e tu, come tutte le formiche, potresti, in grazia delle tue fascette muscolari, tirare un peso trenta volte superiore al peso del tuo corpo, mentre l'uomo che è il re del creato non riesce a tirare neppure l'equivalente di quello che pesa. E qui come ti senti?

- Mi sento male lì, là...

- E laggiù. Ma io vedo che la circolazione del sangue è normale, e che l'organo della digestione funziona a meraviglia. Respira! Così... Anche l'apparecchio respiratorio è perfetto: il tuo sangue va in cerca dell'aria destinata a vivificarlo e l'assorbe attivamente. Che sieno nervi?

- Può essere. Infatti, quando lei ha detto quelle due parolacce ho sentito un grande urto di nervi.

- Vediamo dunque il sistema nervoso. Uhm!... Anche su questo non c'è nulla da dire. I filetti nervosi sono in buono stato. Nei centri nervosi non vi sono complicazioni; essi sono indipendenti l'uno dall'altro, e se tu fossi divisa in due, potresti, come ogni formica, continuare a vivere per lungo tempo in tutt'e due le parti. Studiamo il cervello.

- Credo d'avercene poco, - mormorò Gigino con aria compunta.

- Poco? Niente affatto. Il volume del tuo cervello, come in ogni formica ben conformata, rappresenta la dugentottantesima parte del tuo corpo, vale a dire ha press'a poco la stessa relazione cerebrale che è nell'uomo e nei grandi mammiferi. E questo, vedi, conferma precisamente la nostra superiorità intellettuale.

A un tratto il professore s'interruppe, e avvicinò i suoi tre occhi semplici verso l'addome di Gigino.

- Toh! - disse a bassa voce. - C'è però qualche cosa di anormale...

- Che cos'è? - chiese Gigino un po' sgomento.

- Rivòltati.

- Come sarebbe a dire?

- È una cosa curiosissima, - continuò il professore - una cosa che non ho mai visto..., e sì, che nel mio mondo ne ho viste parecchie!

- Ma insomma, si può sapere di che si tratta? - domandò Gigino che si sentiva stuzzicare di dietro.

- E chi lo sa? - rispose il professore. - Pare un'escrescenza...

- Un'escrescenza? O Dio mio!...

- Ma di una materia pieghevole e filiforme, che non saprei definire.

Intanto le altre formiche avevano fatto cerchio intorno a Gigino e al professore, e bisbigliavano tra loro:

- O curiosa!... Che cosa sarà quel ciondolino bianco?

- Ciondolino bianco?! - esclamò Gigino rizzandosi con vivacità sulle due zampe di dietro e fremendo in tutto il corpo.

Un'idea terribile gli aveva a un tratto attraversata la mente.

Egli si guardò attorno, poi in un istante si precipitò sopra un filo d'erba che sporgeva su una piccola pozza d'acqua lì vicino e, arrampicatosi fino in cima, rimanendovi attaccato con due gambe, si spenzolò giù e guardò sotto di sé.

Non c'era più dubbio.

L'acqua rifletteva esattamente il suo corpo, ed egli vide distintamente che di dietro, in fondo all'addome, tra le due gambe posteriori, c'era la bandierina.

Gigino a quella vista mancò poco che non si lasciasse cascar dentro l'acqua.

Movendo a mala pena le gambe, si ridrizzò sul filo d'erba e ritornò alla riva, sperando di sfuggire in tal modo alla sua immagine: ma vedeva sempre quel pezzettino di camicia a punta, che gli veniva fuori di dietro.

Alla riva lo aspettavano tutte le altre giovani formiche mormorando, e Gigino sentì che dicevano:

- Quella punta bianca mi dà sospetto...

- Certo. Questa formica non è della nostra famiglia...

- È una straniera!

- È un'intrusa!

- Ammazziamola!

- Tagliamole la testa!

Gigino era così disperato della scoperta fatta, che benché fosse assai più grosso e robusto di loro, non pensò neppure a resistere alle sue avversarie, le quali, seguendo il loro istinto, nonostante le rimostranze del saggio professore che tentava opporsi, circondarono il nostro eroe e, con le mandibole aperte, si scagliarono inferocite su di lui.

Bel profitto, davvero, avevano fatto della lezione!

A un tratto una formica si fermò in mezzo a quel tafferuglio, esclamando con voce concitata:

- Ferme tutte! Che cosa fate?

Era Fusca.

Essa, ponendosi dinanzi a Gigino e protendendo in avanti le antenne tremanti, aprì le mandibole in aria minacciosa, pronta a difendere l'insetto assalito.

Le formiche si ritrassero.

- Vergognatevi! - riprese Fusca con accento severo. - Chi insegna a voi, che siete appena nate da un giorno, ad arrogarvi il diritto di vita e di morte sulle vostre compagne?

- Non è una nostra compagna - si arrischiò a dire una giovane formica.

- Ha il ciondolino bianco! - aggiunse un'altra, incoraggiata dalla prima.

Fusca riprese sempre più adirata:

- Che ciondolino e non ciondolino! L'ovo che ha generato questa nostra compagna è stato riconosciuto e raccolto da me e da un'altra formica anziana, e io mi maraviglio altamente che voi, non ancora uscite dalla nostra tutela, prive come siete di ogni esperienza e di ogni sapere, osiate dare dei giudizii sul nostro operato.

Alcune formiche anziane che erano accorse, dettero piena ragione a Fusca, mentre il professore, con le due zampe anteriori riunite dietro il dorso, tentennava la testa brontolando:

- Sempre le stesse! Le formiche non arriveranno mai a vincere il pregiudizio e la diffidenza che le fa così crudelmente inospitali. Peccato!... Eh, l'ho speso bene il mio tempo!...

Intanto, sia lode al vero, le formiche giovani erano rimaste un po' mortificate e rimasero addirittura confuse quando Fusca, preso per una gamba Gigino e mostrandolo, disse:

- Guardate e riconoscete il vostro torto: essa ha il corpo nerastro e il torace e il davanti della testa di colore rossastro. Non sono questi i segni caratteristici della nostra famiglia? Chi potrà negare che sia una formica "fusca" come me e voi?

A queste parole, dalle avversarie di Gigino si dissipò come per incanto ogni sentimento di avversione, e riaccostatesi a lui lo baciarono in segno di pace.

Fusca, sempre tenendolo per la gamba, lo condusse seco, dicendogli col suo solito accento affettuoso:

- Vieni in casa: hai bisogno di riposarti dalle forti emozioni passate.

Quando furono in una stanza quieta e appartata, Gigino lasciò libero sfogo alla sua angoscia esclamando:

- Ah cara signora Fusca, quanto è buona con me e quanto le sono grato! Se sapesse come sono infelice!

- Via, via... - replicò la buona formica. Calmati.

- Si dice bene, calmati. Ma intanto chi me lo leva il ciondolino bianco di dietro?

- Non è niente, credilo. Io ti avevo sempre visto qualche cosa di bianco che non era naturale.

- Anche nell'ovo, eh? - domandò Gigino ricordandosi degli ultimi disperati sforzi che aveva fatto per nascondere la bandierina quando era avvenuta la prima trasformazione.

- Sì, anche nell'ovo: e ce l'avevi quando divenisti larva, e dopo, quando ti trasformasti in ninfa. Ma non ci feci caso. Ora poi che tu sei molto cresciuta, è cresciuto anche quell'affare.

- È cresciuto dimolto, non è vero?

- Eh sì... Ma non ci pensare. Pensa invece a diventare una buona e brava formica operaia, e vedrai che tutti ti rispetteranno anche col ciondolino bianco di dietro.

E in così dire, Fusca uscì dalla stanza.

Gigino era stato più volte lì lì per confidare il suo segreto alla nutrice, e s'era sempre trattenuto per un senso di vergogna.

Ma ora, rimasto solo, si abbandonò al suo dolore e al suo risentimento contro il destino, che lo condannava ad avere sempre quell'odiosa bandierina di fuori.

- Neanche a diventar formicola ho potuto liberarmi di questo pezzetto di camicia! - esclamò con rabbia. - Quand'ero bambino ero canzonato continuamente dal mio fratello e dalla mia sorella. Ora sarò preso per zimbello anche dalle formicole! E meno male prima! Almeno allora con una mano potevo rimettermela dentro i calzoni; ma ora come si fa? È rimasta attaccata al corpo, e bisogna portarla sempre, sempre! Pensare che lo dicevo continuamente: Io questi calzoni vecchi aperti di dietro non li voglio più. Ma la mamma non volle intender ragione, e...

Qui Gigino s'interruppe a un tratto. Il pensiero della mamma che tornava per la seconda volta nella sua mente, dacché era divenuto formica, lo occupò tutto, facendogli dimenticare il resto.

- La mamma! - mormorò con un gran sospiro. - Povera mamma! Povera mammina mia bella, quanto tempo è che non ti vedo, e tu chi sa quanto hai pianto e come piangi e quanto piangerai pensando al tuo Gigino! Ah mamma cara, abbi pazienza, e perdonami se sono stato cattivo fino al punto da indirizzarti un rimprovero! Tu sei sempre la mia mamma buona, e io anche di lontano, anche se sono diventato una formicola, voglio essere sempre il tuo figliuolo, il tuo Gigino, e ti voglio sempre bene come prima, e desidero tanto di vederti, di darti un bacio, di avere qualche cosa di tuo con me. Ah, ma questo ce l'ho! Ho questo pezzettino di camicia che mi facesti tu, e che veniva fuori a causa dei calzoni che mi avevi fatto tu. Per te, mamma mia, io ho avuto da bambino questa bandierina di dietro e ce l'ho ancora. E io la benedico questa punta di camicia che mi ricorda la mia mamma, e ora sono tanto contento di averla conservata, anche diventando formicola! Chi sa! Forse mi porterà fortuna, perché dicerto tutto quello che fa una mamma, anche quando non pare, è sempre fatto per il bene dei suoi figliuoli.

E Gigino, commosso, piangendo e ridendo, si mise a ballare tirandosi colle gambe la bandierina che gli pendeva di dietro.

E questa volta pianse di cuore, da tutti e centoventitré gli occhi!

XIV. Un assalto al formicaio.

In un paio di giorni Gigino era diventato un formicolone. Oramai il suo corpo era sviluppato, la sua cultura era fatta, e Fusca lo aveva messo fuori di tutela dicendogli:

- Tu non hai più bisogno di nulla.

- Non è vero: io ho sempre bisogno che tu mi voglia bene - aveva risposto Gigino, il quale, persuaso che tra le formiche non c'era l'uso come tra gli uomini di sbagliare le persone dei verbi in segno di rispetto, aveva abolito il lei e parlava con la sua interlocutrice in seconda persona col tu, come insegnano tutte le grammatiche di questo mondo.

Gigino era nello stesso tempo svelto e robusto, e nelle lotte quotidiane con le sue compagne (poiché le formiche amano molto gli esercizi ginnastici) era sempre uscito vincitore. Non è, dunque, da maravigliarsi se era considerato da tutti gli abitanti del formicaio come una specie di capo delle milizie, ed era destinato sempre alle imprese più arrischiate e alla guardia del villaggio nei momenti più pericolosi.

Gigino se ne teneva. Anzi, una volta, avendo trovato un seme di canapa, se l'era adattato a uso corazza, facendovi con la punta delle mandibole due fori laterali per le due prime gambe che adoperava come braccia e tenendo chiuse dentro la corazza le due gambe medie.

Le formiche, sue compagne, non abituate certo a ricorrere a quella specie di vestimenti, lo guardavano con meraviglia; ma poi finirono col non badarvi, molto più che gravi preoccupazioni incominciavano a turbare la pace di quel popolo buono e laborioso.

Da qualche giorno si vedevano in prossimità del formicaio alcune formiche straniere in atteggiamento sospetto, le quali, appena scoperte, si davano precipitosamente alla fuga.

Il loro modo di contenersi e, più che tutto il resto, i loro connotati, non promettevano nulla di buono. Infatti un bel giorno, durante le ore calde, mentre le buone compagne di Gigino se ne stavano nella sala centrale del loro edifizio a riposarsi, si udì un grido terribile:

- Le formiche rossastre!

Erano le sentinelle che davano l'allarme.

A questo annunzio le formiche con Gigino alla testa si precipitarono frementi fuori della stanza lungo il corridoio che conduceva all'ingresso, mentre alcune altre si affrettavano per un'altra via a trascinare le uova e le larve nelle stanze in fondo, per metterle in salvo da ogni pericolo.

Gl'invasori furono sorpresi nel passaggio più stretto della galleria, e Gigino comprese subito quanto vantaggio egli avesse sui nemici da quella posizione.

Essi, infatti, tentavano invano di aprirsi un varco attraverso ai valorosi difensori, che opponevano una resistenza accanita.

- Se avessimo tardato un solo istante, - disse Fusca - saremmo tutte perdute: esse avrebbero invaso il nostro villaggio.

- I nostri corpi sono una tal muraglia, che non si sfonda! - aggiunse Gigino, respingendo un assalitore che tentava avanzarsi.

Pure non era molto soddisfatto della piega che prendevano le cose.

Certo, gli avversari, arrestati in quello stretto, non avrebbero potuto mai avanzare di un passo; ma non per questo accennavano a retrocedere, ed essendo impossibile di venire a un combattimento decisivo, la situazione minacciava di farsi pericolosa.

- Devono essere in molte... - mormorò Fusca.

- Lo credi? - chiese Gigino.

- Ne sono sicura. Altrimenti, essendo andato a vuoto il loro piano, a quest'ora sarebbero fuggite.

Gigino stette un po' sopra pensiero.

- Fusca, - disse a un tratto - vuoi prender tu l'incarico di difendere questo passaggio?

- Certo. È una cosa facile, e il solo inconveniente è che si può durare un anno in questa difesa.

- Non lo credo! - esclamò Gigino. - Ti bastano venti compagne per impedire che i nemici vengano avanti?

- Sono anche troppe.

- Allora lascia fare a me.

Gigino lasciò a Fusca una ventina di formiche, e piano piano, senza che i nemici potessero accorgersi della sua manovra, fece ridiscendere tutte le altre, con le quali egli s'internò nella famosa galleria scavata per dar passaggio al lombrico.

Il suo piano era degno di un grande stratega, ed egli si sentiva già divenuto il Moltke delle formiche.

Giunto fuori della galleria, fece fermare il suo esercito, un centinaio di soldati in condizioni eccellenti, e montò sopra un'altura, dalla quale spinse lo sguardo verso l'ingresso principale del formicaio.

Fusca aveva ragione: le formiche rossastre erano molte, e una lunga colonna si distendeva al di fuori dell'ingresso, spingendo gli assalitori che erano penetrati dentro.

- Avanti! - disse Gigino alle sue compagne. - E soprattutto non fate rumore.

XV. Dove Gigino è fatto generale sul campo.

Avete mai sentito raccontare, cari ragazzi, le scene di BuffaloBill, il famoso colonnello Cody, che riproduceva in pubbliche rappresentazioni nelle principali capitali d'Europa i costumi della vita americana, nelle lande deserte e sconfinate, dove i cow boys, quei pastori che vanno sempre a cavallo e che portano in capo quei grandi cappelli di feltro, vengono continuamente minacciati dalle pellirosse, quegli indiani selvaggi tutti ornati di penne, i quali vivono di aggressioni e di rapine?

Ebbene, dovete sapere che le formiche rossastre sono, tra le formiche, una specie di pellirosse. Feroci, selvagge, incapaci al lavoro fanno una guerra accanita alle formiche civili, e, riunite in vere e proprie bande di ladroni, assalgono i formicai, vi penetrano dentro, rubano gli armenti (ossia i gorgoglioni e i gallinsetti) e se li portano via nelle loro tane.

E il peggio è, che questi predoni rubano anche le uova e le larve delle formiche laboriose, e sapete perché? Per tenere con loro le formiche che ne usciranno, come tante schiave, obbligandole a lavorare, ad accudire alle faccende di casa, a servirli e riverirli e perfino a pettinarli!

Per questo i loro formicai, a differenza degli altri, sono formicai misti, perché, oltre gli individui della loro specie, contengono quelli tenuti in schiavitù.

Così in un formicaio misto di formiche guerriere come le rossastre o le sanguigne, si troveranno sempre, oltre le formiche rossastre e sanguigne, le formiche della specie fusca o rufa, le quali essendo molto intelligenti e laboriose, sono preferite alle altre nell'ufficio dei servitori.

Figuratevi, dunque, con quale impazienza la colonna di predoni, che aveva assalito il formicaio dove era Gigino, aspettava il momento di potervi irrompere dentro, per far man bassa su tutto e su tutti!

Ma a un tratto si udì un grido:

- Morte ai briganti!

Era Gigino, che col suo esercito piombava nel mezzo della colonna nemica.

Le formiche rossastre, che non si aspettavano quella mossa, rimasero sopraffatte.

Invano tentarono di riunirsi: Gigino con le sue compagne non tardò a dividere la colonna di predoni in due, togliendole così il modo di opporre una resistenza ordinata, e gettando lo scompiglio, la confusione e lo spavento in quegli assalitori, divenuti così improvvisamente assaliti.

E la mossa era stata così rapida, che essi non poterono pensare che a salvarsi con la fuga.

- Inseguite questi ladri matricolati! - gridò Gigino alle sue compagne - e non risparmiatene neppure uno, se vi riesce!

Mentre l'esercito vittorioso inseguiva i fuggitivi, egli si avvicinò lesto lesto all'ingresso del formicaio e vi appoggiò sopra una foglia secca in modo che non rimanesse aperto che un piccolo passaggio, da bastare appena per una formica.

Le rossastre già penetrate giù nella galleria d'ingresso, c'erano ancora: esse, essendo voltate in giù, non avevano avuto il tempo d'accorgersi della piena disfatta del loro esercito che stava di fuori, e seguitavano nei loro tentativi per andare innanzi.

- Questi malfattori - mormorò Gigino - hanno visto il nostro ingresso, e non è bene che ne portino a casa il disegno della pianta!

Quindi postosi di traverso alla foglia e protendendo verso il buco rimasto aperto le due gambe davanti, gridò:

- A me, Fusca! Caccia fuori questa canaglia!

A quel grido avvenne dentro l'angusto canale una confusione indescrivibile. Le rossastre, spaventate a sentire una voce nemica dal luogo dove avevano lasciato il loro esercito, si voltarono indietro con sforzi inauditi, e si affrettarono disordinatamente verso l'uscita, incalzate da Fusca e dalle sue compagne.

Pigiate, strizzate da ogni parte, si affollavano all'ingresso, dove, trovato finalmente il piccolo passaggio lasciato aperto, uscivano a una a una.

Era quello che voleva Gigino.

Egli era lì pronto, con le mandibole aperte, e appena vedeva una formica rossastra affacciarsi al buco, le tagliava senza tanti complimenti la testa, esclamando ogni tanto, come le guardie che stanno all'ingresso dei teatri:

- Abbonato! Torna il signore!

Gigino aveva già fatto undici teste e stava per compir la dozzina, quando sentì esclamare:

- Ohe! Che cosa fai?

Era Fusca.

- Oh, scusa, - disse Gigino. - Che vuoi? Oramai ci avevo fatto l'abitudine. Guarda!

Fusca vide infatti sulla foglia che copriva l'ingresso, tutte le teste degli invasori, dei quali neppure uno era scampato.

- Ora lascia fare a me, - soggiunse Gigino.

E girando qua e là, raccolse tanti piccoli stecchi che piantò intorno al buco del formicaio, dopo avere infilato nella punta di ciascuno una testa di nemico.

- Questo - disse Gigino quand'ebbe finita l'operazione - mi pare un buon avvertimento per quelli che vorranno venire a rubare nel nostro villaggio.

- Torneranno, non dubitare; - disse Fusca - le Rossastre sono implacabili, e domani le vedremo daccapo all'assalto.

Mentre Fusca parlava, si udirono alcuni clamori poco distanti.

Era l'esercito vittorioso che tornava dall'avere inseguito il nemico.

Appena le formiche videro Gigino tutto contornato dalle teste delle formiche nemiche, dettero in un urlo:

- Evviva il nostro condottiero! Evviva l'eroe col ciondolino bianco!

Gigino si tastò la bandierina, e ripensando alla mamma, mormorò fra sé:

- Povera mammina mia! Chi sa che consolazione sarebbe per te, se tu potessi vedere il tuo Gigino diventato generale delle formiche!

XVI. Come Gigino si trovasse tra i fumi dell'ambizione e i fumi di uno strano bombardiere.

A un tratto in mezzo al frastuono sorse una voce grave che diceva:

- Voi faceste bene a difendere la nostra casa. Ma la guerra, che è per sé stessa un delitto, quando è mossa da cause giuste non deve essere considerata altrimenti che come una triste necessità.

Era il vecchio professore che parlava.

- Perciò - continuò egli - invece d'abbandonarvi a una ingiusta gioia, fareste bene a deplorare che la prepotenza di un popolo vagabondo vi abbia distolto dal lavoro, che è la sola vera gloria di un popolo civile.

E siccome Gigino tentava di ribattere questi argomenti, il vecchio filosofo soggiunse:

- La guerra è sempre una sventura, anche per i vincitori. Guardatevi intorno e troverete molte vostre compagne morte e ferite, cioè molte nutrici tolte alle nostre larve, molte mandibole tolte al lavoro del nostro villaggio.

Fusca che era una formica saggia, détte ragione al professore ed esclamò:

- È giusto! Bisogna pensare a dare una sepoltura onorevole agli eroi che morirono in nostra difesa.

Mentre la maggior parte dell'esercito rientrava nel formicaio per ripigliare i lavori interrotti, una parte si mise a ricercare le compagne morte e quelle ferite che venivano via via trasportate all'ingresso del formicaio.

Le ferite furono con ogni sorta di precauzioni portate giù nel sotterraneo per le cure necessarie: le morte furono trasportate al cimitero.

- Al cimitero? - Diranno i miei piccoli lettori maravigliati.

E la medesima maraviglia fu provata da Gigino, il quale non sapeva che anche le formiche avessero un luogo adatto per deporre i morti della loro famiglia.

Ma egli se ne convinse subito, seguendo il corteo funebre, che si arrestò in un vasto piazzale coperto da una pianta odorosa, la quale per le formiche rappresentava, senza dubbio, il salice piangente. Lì giacevano, disposte in varie file, molte formiche defunte, e lì furono deposte quelle morte recentemente, dopo aver resi loro gli ultimi onori.

Di ritorno dalla funebre cerimonia, mentre le altre formiche rientravano nel formicaio, Gigino volle rivedere il teatro della guerra, e si mise a girandolare nei dintorni.

Dopo la vittoria riportata, egli provava una grande soddisfazione nel ripensare a tutte le fasi di quella memoranda giornata e già l'ambizione incominciava a fargli girar la testa coi sogni più arditi di battaglie e di trionfi.

Si appoggiò a un filo d'erba e lasciò libero corso alle sue gloriose fantasticherie:

- Il professore può dire quello che vuole, ma io mi sento una formicola nata a grandi cose. Il primo passo nel cammino della gloria ormai è fatto, e io sono senza discussione il più gran generale che mente di formica abbia mai potuto immaginare. Domani le Rossastre ci riattaccheranno, come ha detto Fusca, e sarà per me un'altra splendida vittoria. Chi mi potrà impedire, dopo, di diventare il capo del formicaio e magari il re di tutte le formicole?

A questo punto, come se qualcuno avesse voluto irridere ai suoi sogni ambiziosi, sentì lì vicino un certo rumore curioso, e nello stesso tempo fu tutto avvolto in una specie di nuvolo, e sentì un puzzo insopportabile.

Gigino fece un salto da una parte e vide un insetto strano col dorso nero un po' macchiato di rosso, il quale, con rispetto parlando, gli voltava le parti posteriori.

- Chi t'ha insegnato a far queste porcherie? - esclamò Gigino con rabbia.

Per tutta risposta l'insetto fece un'altra scarica accompagnata dallo stesso rumore, e un'altra nube avvolse il povero Gigino, che fu lì lì per cadere asfissiato.

Ma il furore era così grande, che egli trovò la forza di precipitarsi su quel maleducato, di montargli addosso e di serrargli la testa fra le gambe davanti, pronto a troncargliela con le mandibole come aveva fatto poco prima ai suoi nemici.

- Per carità, non m'ammazzare! - esclamò allora l'insetto piagnucolando.

- Mi dispiace, - gli rispose Gigino - ma questo non è possibile. Ti pare!... Far quelle cose a un generale!...

- Io credevo che tu volessi assalirmi e ho cercato di difendermi.

- Ah! Lo chiami difenderti, eh? E dimmi: tutti gli esseri pari tuoi si difendono a questo modo?

- Certo.

- O che gente siete, si può sapere?

- Siamo Bombardieri.

- Benissimo! - esclamò Gigino - Però questo genere di bombardamento mi piace poco.

E aprì le mandibole per tagliargli la testa. Ma a un tratto gli venne un'idea, e chinandosi verso l'insetto gli disse:

- Dimmi un poco, caro Bombardiere: se ti salvo la vita, mi prometti di non bombardarmi più?

- Te lo prometto sulla mia parola di Coleottero onesto.

Gigino scese giù dal groppone del Bombardiere, e squadrandolo dal capo all'addome, domandò:

- E tu sei dunque un Coleottero?

- Certo: non vedi?

E l'insetto, aprendo le ali, mostrò la particolarità del suo ordine, cioè le due ali finissime adattate al volo ricoperte da un altro paio d'ali cornee che servono loro quasi d'astuccio, perché non si sciupino, come negli scarafaggi e in tutti quanti i coleotteri.

- Io - aggiunse l'insetto - sono un coleottero appartenente alla famiglia dei Carabi, gli insetti più belli per lo splendore dei loro colori.

- Sarete belli quanto volete, ma non conoscete l'educazione.

- Tu alludi certamente a quel vapore di un odore acre, che spingo fuori dal di dietro.

- Altro che odore! - esclamò Gigino. - Altro che acre!

- Quella è la mia arme. Essa mi difende dalle aggressioni e mi serve a dar la caccia agli insetti più piccoli, che restano asfissiati, e cadono facilmente in mio potere.

- Sicché tu mi volevi mangiare eh?

- Non lo nego. Ma tu, cosa che non m'era mai accaduta finora, hai resistito...

- Fortunatamente! Dunque stai a sentire quello che ti dico. Puoi tu mettermi insieme una dozzina di Bombardieri come te?

- Sicuro. Ve ne sono cinque che abitano con me sotto la stessa pietra, e altri hanno la loro casa vicina alla mia.

- Benissimo! E vi dispiacerebbe se io vi procurassi un bel desinare d'un centinaio di formicole e forse di più?

- Figurati!

- Allora, senti. Domattina all'alba trovati co' tuoi compagni laggiùsotto quella foglia di zucca. La vedi?

- Non dubitare. Ci sarò.

- Là ti darò le istruzioni necessarie. Addio, caro amico: e, mi raccomando, serba tutti i tuoi bombardamenti per domani, perché ce ne sarà bisogno.

Detto questo, Gigino si allontanò con le due prime gambe dietro l'addome mormorando fra sé:

- Gigino mio! Se Napoleone il Grande ti vedesse, come si sentirebbe piccino!

La mattina dopo, all'alba, Gigino riunì nella sala centrale del formicaio le formiche anziane e, col tono altero di chi è avvezzo al comando, disse senz'altro:

- Vi annunzio che stamani ho intenzione di attaccare le Rossastre e di dar loro una battaglia campale.

Il professore scosse la testa e disse gravemente:

- In tal modo noi che eravamo dalla parte della ragione passeremo alla parte del torto. Perché, invece di valersi del diritto della difesa contro le aggressioni dei tristi, vogliamo diventare anche noi tristi e aggressori?

- Bisogna finirla una buona volta! - esclamò Gigino in tono reciso. - D'altronde la vittoria che ho riportata ieri deve essere per voi una garanzia sicura.

- Male! - disse il professore. - Tu incominci già a rinfacciare alle tue compagne i servigi prestati, e a vantarti di aver fatto il tuo dovere.

- Dovere o non dovere - continuò Gigino con alterigia - se non ero io, chi sa come andava. Insomma io ho tutto disposto, e tra poco mi metterò in marcia col mio esercito.

A queste parole il professore saltò su irritato.

- Il tuo esercito? Il tuo esercito? E chi ti dà il diritto, o insensato, di appropriarti la vita delle tue compagne? Hai forse dimenticato che qui, nella nostra società, tutti sono uguali di fronte agli stessi doveri e ai medesimi diritti?

- Se tutti siamo uguali - disse Gigino con sdegno - perché nessuno ha fatto ieri quello che ho fatto io?

E, senza intender ragione, senza cedere neppure ai consigli affettuosi di Fusca, uscì dalla sala esclamando:

- Vogliate o no, i soldati che mi hanno visto combattere ieri, hanno fiducia in me e mi seguiranno!

Infatti la maggior parte delle formiche, ubriacate dalla vittoria del giorno avanti, accolsero con entusiasmo la proposta di Gigino, il quale mise insieme una forte colonna di combattenti, e uscì senz'altri discorsi, dal formicaio dicendo fra sé:

- Non sbagliavo a dire che l'esercito era mio! Oramai io posso contare pienamente sul suo appoggio e, al ritorno, il colpo di Stato è sicuro!

A un certo punto egli ordinò l'alt, e schierati i soldati incominciò a distribuire i gradi, prima di tutto allo scopo di stuzzicare l'ambizione dei suoi seguaci e renderseli così più devoti, e poi per poter fare il seguente discorso:

- Ufficiali, sott'ufficiali e militi! Voi mi avete già dato una prova del vostro valore, e non dubito che anche oggi mi aiuterete a sterminare il nemico.

- Evviva il generale Ciondolino bianco! - gridarono in coro le formiche.

Gigino riprese:

- Ufficiali, sott'ufficiali e militi! Io vi ho preparato per oggi una lieta sorpresa, mediante la quale la vittoria è già assicurata! Rimanete qui, per ora e aspettatemi. Al mio ritorno ripiglieremo la marcia contro il nemico.

Detto questo, Gigino affidò il comando a Testagrossa e Grantanaglia, due valide formiche che egli aveva nominate suoi aiutanti di campo, e nelle quali riponeva completa fiducia.

Infatti Testagrossa, un soldato poco intelligente ma di una resistenza straordinaria, e Grantanaglia, una formica armata di due mandibole terribili, che non aveva altro difetto che quello d'aver sempre appetito, avevano date al loro condottiero tali prove di devozione, che Gigino poteva essere sicuro di loro.

Egli dunque si recò presso la foglia di zucca, proprio in quel posticino ombroso, dove il professore buttava via il suo tempo a predicare la pace universale delle formiche, e dove Gigino trovò il Coleottero col quale il giorno prima aveva stretto alleanza.

- Bravo! - gli disse. - E gli altri Bombardieri dove sono?

- Eccoli lì, - rispose il Coleottero.

Infatti Gigino vide sotto un foglia i compagni del suo alleato e, dopo averli contati, esclamò:

- Siete in dodici. Benissimo! Essi, naturalmente, sono sotto il tuo comando, non è vero?

- Certo.

- Dunque stammi bene a sentire. Io sono il generale... per ora, s'intende, perché spero di diventare qualche cosa di più... io sono il generale delle formicole. Il mio esercito è schierato poco distante di qui, e ora lo condurrò a rintracciare il nemico. Una volta scoperto, noi lo spingeremo verso queste parti, hai capito? Allora, appena ti accorgi che esso è a tiro, ordina il fuoco e, bum!, fallo bombardare senza misericordia.

- Non dubitare, - rispose il Bombardiere - faremo una carneficina.

- Dunque, addio, e buon appetito a suo tempo.

Gigino raggiunse il suo esercito.

- Niente di nuovo? - domandò a Testagrossa e a Grantanaglia.

- Sì, generale, - rispose Grantanaglia. - Abbiamo veduto poco lontano un drappello di Rossastre che venivano verso di noi. Appena esse ci hanno visto, sono scappate via.

- Avanti, dunque. Scoperto che avremo la colonna nemica, noi gireremo la posizione e spingeremo gli avversari verso quella pianta di zucca. Là - soggiunse Gigino con aria d'importanza - ho già disposto la nostra artiglieria. Battaglione avantiii... MARCH!

L'esercito si mosse rapidamente.

Gigino era accanto a una delle formiche che il giorno avanti avevano inseguito le Rossastre mentre fuggivano verso il loro formicaio, e che perciò conosceva la strada.

Infatti, guidato da lei, Gigino non tardò a scoprire l'esercito nemico, che pareva lo aspettasse.

Egli con un'abile manovra fece girare i suoi soldati in modo da trovarsi dietro alla colonna avversaria, la quale parve non accorgersi delle intenzioni del nemico.

- Che formicole zuccone! - mormorò Gigino. - Esse non conoscono la tattica.

E, seguìto dai suoi, piombò sulle Rossastre le quali, essendo appena una cinquantina, non tentarono neppure di opporre resistenza.

- Spingetele innanzi!... - gridava Gigino ai suoi soldati.

Ma non ce n'era neanche bisogno. Pareva quasi che le Rossastre non domandassero di meglio che di essere incalzate verso la pianta di zucca, e non interrompevano la fuga che per rivoltarsi ogni tanto verso i loro persecutori, come per assicurarsi che erano ancora alle loro spalle.

A un tratto, mentre esse erano in prossimità della pianta di zucca, si udì un grido:

- Fuoco!

Una scarica ben nutrita seguì il comando, e le Rossastre si trovarono improvvisamente avvolte in un nuvolo di fumo, il cui odore acre e nauseabondo impediva il respiro.

Il comando si ripeté ancora, e le scariche si rinnovarono più fitte e più violente, mentre Gigino, fatto fermare l'esercito, indicava ai suoi seguaci la densa nube che si inalzava poco lontano, esclamando:

- Sono i miei Bombardieri che accolgono il nemico a suon di mitraglia!

Tutte le formiche, a quell'inaspettata soluzione del combattimento, gridarono entusiasmate:

- Evviva!

Poi, siccome il puzzo delle scariche dei Bombardieri incominciava ad arrivare fino a loro, Gigino fece fare una conversione a sinistra, e mentre le Rossastre già quasi asfissiate si dibattevano negli ultimi spasimi dell'agonia, condusse il suo esercito in un luogo riparato da alcuni sassi e, schieratolo dinanzi a sé, fece il seguente discorso:

- Ufficiali, sott'ufficiali e militi! Prima di partire per questa battaglia, alcune formiche anziane vollero opporsi ai miei disegni, con ogni sorta di argomenti. Eppure, guardate!, i miei disegni non potevano essere coronati da miglior successo e, in grazia di potenti alleati che io ho saputo conquistare alla nostra causa, il nostro villaggio è finalmente salvo dai suoi implacabili nemici.

- È vero! - gridarono i soldati.

- Ma in questa circostanza - continuò Gigino - ho potuto osservare che il sistema, col quale è governato il nostro formicaio, è un sistema assurdo, in piena opposizione coi sentimenti di libertà e di progresso, che deve avere ogni formica moderna. Se tutte le formiche sono uguali, noi continueremo a essere sempre in lotta con le solite anziane impastate di vecchie idee e di mille paure. Ufficiali, sott'ufficiali e militi! Io direi, dunque, che sceglieste piuttosto tra voi una formica di genio e di coraggio, nella quale aveste piena fiducia, e la creaste vostro capo, vostro re, magari vostro imperatore.

- Sì, sì!... - gridarono tutti.

- Insomma ci vuole una formica di gran talento, come me, per esempio, la quale conosca la tattica militare, come la conosco io, e che sappia all'occasione vincere una battaglia come questa... che ho vinto io. Ci vuole una formicola che sappia guidarvi alla gloria, e io saprei come fare. Ma io in questo non c'entro, e voi siete libere di scegliere chi vi pare e piace.

E in così dire Gigino fece per ritirarsi con una modestia così grande, che pareva perfino impossibile.

Ma dall'esercito uscì un grido unanime:

- Noi vogliamo Ciondolino!...

Gigino non se lo fece dire due volte, ed esclamò pronto:

- Allora dunque diremo: Ciondolino primo, imperatore di tutte le formicole.

E tutti gridarono:

- Evviva Ciondolino primo!

XVIII. L'invasione.

Oramai il gran sogno di Gigino s'era avverato.

D'altra parte egli giustificava pienamente la sua ambizione, dicendo fra sé:

- In fondo, benché io abbia sempre avuto poca voglia di studiare, sono stato sempre un bambino intelligente. Nulla di più naturale dunque che, diventando formicola, sia diventato almeno almeno il primo imperatore di tutto lo stato formicolesco.

Ma chi è ambizioso trova sempre il suo giusto gastigo nell'ambizione stessa, la quale non si contenta mai, e arrivata a soddisfare un desiderio, ne ha subito un altro più grosso.

Per questo Gigino, invece di trovar la pace nell'alta carica che aveva conseguita, si rodeva già dentro sognandone una anche più alta, e poi un'altra più alta ancora, e così via via senza mai trovarne una nella quale finalmente poter dire: "Ora sto bene e mi contento."

- Imperatore delle formicole? - diceva tra sé. - Ma questo è appena appena il titolo che mi era dovuto. Ora bisogna diventare qualche cosa di più. Le formicole sono una piccolissima parte dell'ordine degli Imenotteri. Se mi riuscisse, invece, di diventare il capo supremo di tutto l'Ordine? E poi, giacché ho cominciato a fare alleanza coi Bombardieri, potrei estendere il mio potere fino all'ordine dei Coleotteri! E, in seguito, chi mi dice che io non possa diventare addirittura l'imperatore di tutti quanti gli insetti che sono sulla terra? L'uomo non è forse il re degli animali? Dunque, a un uomo diventato insetto, il meno che possa capitare è appunto di essere l'imperatore degli insetti.

Ma per ora bisognava contentarsi e pigliarsi un po' di riposo a questa prima tappa del viaggio fantastico che l'ambizione gli aveva tracciato, e Gigino esclamò con tono di uno che regala qualche cosa:

- Va bene, va bene! Io accetto il titolo di vostro imperatore: e anzi non sarà male, per formalità, di rientrare nel nostro territorio a far la proclamazione ufficiale.

E soggiunse fra sé:

- Ci ho gusto specialmente per quell'uggioso di professore che sa il latino! E chi sa come rimarrà male!

Gigino dette un'occhiata al campo di battaglia, e visto che i dodici bombardieri erano tutti intenti a divorare le formiche rossastre già asfissiate dalle loro puzzolenti esplosioni, si rimise alla testa del suo esercito e si diresse verso il formicaio.

Ma appena arrivato all'ingresso, si fermò di botto esclamando:

- Che è accaduto?

Qualche cosa di nuovo, infatti, doveva essere accaduto certamente, perché il piccolo monte di riparo era mezzo rovinato, e il buco appariva qua e là devastato.

- Entriamo! - gridò Gigino precipitandosi dentro, seguìto dal suo stato maggiore.

Egli giunse così nella sala centrale, dove improvvisamente si trovò circondato da una folla di formiche, che lì per lì non riconobbe.

Una voce gridò:

- Avanti! Bisogna impedire che l'esercito rientri!...

Queste parole e molti altri indizi rivelarono a un tratto a Gigino la sua situazione e quella delle compagne in tutta la terribile realtà.

Il formicaio era stato invaso dalle Rossastre.

Egli non poteva capire come né quando, ma il fatto era tanto evidente da non poterne dubitare.

Mentre cercava invano nella mente turbata di trovare una spiegazione, sentì che due antenne sconosciute lo tastavano da ogni parte, mentre una voce diceva sghignazzando:

- Eccolo qui il generale col seme di canapa. Eccolo qui quello che dà le grandi battaglie campali!

- Ma infine, - esclamò Gigino pieno di rabbia - si può sapere come mai...

- Te lo spiego subito, generale illustrissimo. Tu credevi di farla a noi, e noi l'abbiamo fatta a te. Noi, vedi, probabilmente, dopo la sconfitta di ieri, non avremmo mai osato di riattaccarvi. Ma tu sei uscito col tuo esercito per dare la gran battaglia, tu sei venuto per attaccar noi, e noi, avvertite da alcuni dei nostri soldati delle tue intenzioni, ti abbiamo fatto questa bella sorpresa.

Gigino si ricordò, infatti, che il suo aiutante Grantanaglia gli aveva parlato di un drappello di Rossastre, le quali s'erano aggirate per un pezzo intorno al formicaio.

- Noi, dunque, - riprese la voce - dopo le informazioni avute dalle nostre spie, ti abbiamo mandato incontro una cinquantina dei nostri soldati con l'incarico di tenerti occupato, come hanno fatto. E intanto, col forte del nostro esercito siamo venute qui, abbiamo invaso il tuo villaggio lasciato da te senza difesa, e ora... ora poi potrai vedere e sentire quello che faremo.

E cambiando tono la voce soggiunse:

- Custodite questo prigioniero. Io intanto vo a dimostrargli quanto noi Rossastre abbiamo profittato delle sue lezioni di tattica militare.

Gigino avrebbe voluto ribellarsi, ma oramai era ridotto all'impotenza.

Egli non tardò a comprendere il significato delle ultime parole che aveva udite. Dai movimenti che si eseguivano attorno a lui, e dai comandi che udiva dare, si accòrse che le Rossastre ripetevano precisamente il giuoco che egli aveva già eseguito contro di loro il giorno avanti.

Mentre alcune difendevano l'ingresso principale, una colonna delle Rossastre usciva dalla famosa galleria del Lombrico per piombare improvvisamente in mezzo all'esercito di Gigino e sbaragliarlo.

Egli sperò per un momento che i suoi soldati avrebbero resistito all'assalto, e attese con ansia.

Quei minuti gli parvero secoli.

A un tratto udì la solita voce che gridava dall'alto dell'ingresso principale:

- Vittoria!

Non v'era più dubbio: l'esercito era stato sconfitto, e l'ultima speranza era perduta.

Gigino chinò la testa, e disse a voce bassa perché non lo sentissero:

- Altro che imperatore Ciondolino primo!

XIX. Come una formica per aver poca testa la facesse perdere a chi ne aveva molta.

Poco dopo Gigino si accòrse che le formiche rossastre tenevano consiglio, e udì distintamente la voce di quella che pareva avesse la carica di generale d'armata.

- Abbiamo vinto - diceva - una gran battaglia. Noi abbiamo sconfitto il nemico e ci siamo impossessate del suo villaggio, sicché io credo inutile trasportare le uova, le larve e le ninfe nel nostro formicaio. Noi qui siamo padrone assolute, e possiamo estendere il nostro dominio su questa città, dove lasceremo un presidio per difenderla. In questo combattimento ognuna di noi, secondo le proprie attitudini, ha compiuto il suo dovere, e i diritti sono uguali per tutti: le formiche che nasceranno dalle uova e si formeranno dalle larve e dalle ninfe di questo popolo che abbiamo sconfitto, saranno schiave della nostra società, a vantaggio di tutti indistintamente.

Mentre le Rossastre applaudivano alle parole del loro generale, Gigino non poté fare a meno di confrontare la condotta di quel capo di ladroni con la sua.

Per la prima volta gli apparve chiara, indiscutibile tutta la responsabilità che pesava su di lui.

Egli, per la sua ambizione, contrariamente ai consigli delle sue compagne più sagge, aveva voluto provocare il nemico: aveva approfittato della guerra per essere proclamato imperatore: insomma era stato la sola, l'unica causa della rovina di tutto quel popolo buono, modesto e laborioso, che non domandava altro che di vivere in pace.

Fu bruscamente distolto dalle sue riflessioni dalla voce del generale vittorioso, che diceva:

- Recate fuori del formicaio tutti i prigionieri di guerra! Le esecuzioni si faranno all'aperto, e non avremo la fatica di trasportare i corpi dei nostri nemici.

A queste parole, Gigino, se avesse avuto ancora una pelle, se la sarebbe sentita accapponare e avrebbe fatto anche il viso bianco.

Egli, dunque, fu accompagnato fuori del formicaio, e lì poté vedere finalmente il generale avversario.

Era una formica di proporzioni giuste ma con un'espressione così truce, che se una formicola perbene l'avesse incontrata di nottetempo, sarebbe morta dallo spavento solamente a vederla.

- È un peccato - gli disse Gigino che aveva ripreso un po' di coraggio - che tra le formiche non ci sia l'uso delle guardie di pubblica sicurezza: se no, le garantisco io, che il primo a esser messo dentro sarebbe lei!

Il generale rossastro non intese nulla, e vòltosi ai suoi sgherri, disse:

- Incominciate da quella vecchia formica là!

Gigino si voltò e vide il professore, il quale stava in mezzo a due guardie con aria pensosa.

Egli, al comando del generale, alzò la testa e disse con aria grave:

- Formiche! Con questo nome, prima di morire, io intendo rivolgermi a tutte le formiche del mondo, di qualunque razza esse sieno. E a tutte io dico: fino a quando dureranno queste stolte lotte tra popoli che la natura ha creato fratelli? Non avete forse abbastanza nemici da combattere tra gli insetti d'altri ordini e perfino tra gli uccelli? Perché vorrete distruggervi tra voi, invece di unire le vostre forze, voi che nei vostri interni ordinamenti civili rappresentate tra gli insetti tutti la grande forza dell'ingegno e del lavoro? Unitevi, o formiche! È l'ultimo grido di un moribondo, il quale ha vissuto abbastanza, e vi lascia per sempre chiamandovi col dolce nome di sorelle, e inviando a tutte voi una parola di pace e di perdono!

Gigino era commosso dalle parole giuste e sensate della vecchia formica. Gli pareva impossibile che le Rossastre non dovessero rimanere persuase da un ragionamento così chiaro e lampante. Ma era rimasto forse persuaso lui, quando il filosofo gli aveva parlato il linguaggio del buon senso e dell'esperienza?

Purtroppo! figliuoli miei, succede sempre così nel mondo. Quando uno predica sui pericoli che può provocare una cosa da noi vagheggiata, si lascia predicare, e si fa quel che ci pare e piace. Poi, quando il pericolo c'è e si vede, allora, ma allora solamente, s'incomincia a convenire che il predicatore aveva ragione.

Figuratevi, dunque, se le Rossastre che avevano vinto la battaglia, volevano dar retta ai discorsi del professore!

Il generale fece un cenno, e già!... la testa della vecchia formica cadde recisa dalle mandibole di una delle guardie.

E così furono servite tutte le formiche che erano rimaste prigioniere di guerra.

Ma il momento terribile per Gigino fu quando tra esse riconobbe la sua nutrice.

- Fusca! - gridò con un singhiozzo.

- Pazienza! - disse la buona formica. - Quello che mi dispiace di più è che le nostre discendenti saranno schiave.

Gigino a queste parole non poté più reggere.

Egli si gettò avanti, gridando:

- Ah no!... risparmiate la mia buona Fusca! Sono io la causa di tutto, io solo sono il colpevole. Essa, ve lo giuro, non voleva continuare la guerra, e io cattivo, disobbediente, non volli ascoltare i suoi consigli...

Ma non poté continuare.

Parecchie Rossastre lo avevano trattenuto nel suo impeto, e intanto anche la testa della povera Fusca era caduta.

Gigino, quasi pazzo dal dolore e dal rimorso, gridò:

- Ammazzatemi subito!

- Un momento! - rispose una voce.

Tutti si voltarono.

Era una formica rossastra, che arrivava allora allora tutta impolverata e con una gamba di meno.

La formica si levò un po' alla meglio la polvere dal dorso e, piantatasi in mezzo all'assemblea, esclamò:

- Non sarebbe male, dico io, prima di levar dal mondo quel generale col seme di canapa, di fargli un piccolo processetto!

Gigino per un momento credette d'aver migliorato la sua condizione, ma non rimase illuso per un pezzo.

- Come vedete, - proseguì la formica - io sono una di quelle vostre compagne mandato incontro al nemico per distrarlo dalle manovre del nostro esercito.

- Brava! - esclamò il generale Rossastro. - E che nuove ci porti delle altre? Com'è che non si vedono?

- Eh!... - disse amaramente la formica - esse a quest'ora sono bell'e digerite!

- Digerite? Come sarebbe a dire?

- Domandatene al generale col seme di canapa. Egli deve saperlo.

Gigino credé prudente di stare zitto.

- Dovete sapere - continuò la formica con accento di disprezzo - che questo individuo si era alleato niente di meno che con una dozzina di Bombardieri. Essi ci aspettavano al varco, e appena siamo state a tiro, hanno incominciato a bombardarci in modo che tutta la colonna è caduta asfissiata, e io sono qui salva proprio per un miracolo. Quei vigliacchi avevano tante formiche da mangiare, che mi han dimenticata dopo avermi divorato una gamba.

A queste parole un urlo d'indignazione scoppiò da tutto il consiglio di guerra.

- Come! - esclamò il generale Rossastro rivolto verso Gigino. - E tu hai fatto questo? Tu che appartieni a una specie di formiche che dà a noi il nome di barbare e di predatrici, invece di combatterci apertamente, sei ricorso all'aiuto dei coleotteri, mettendo in campo le astuzie più vili e più indegne di combattenti franchi e leali?

Gigino voleva replicare:

- O se anche gli stessi uomini ammettono in caso di guerra le alleanze tra popoli di diversi ordini e di nature diverse!

Ma si avvide subito che l'esempio dei costumi umani sulle formiche non avrebbe fatto né caldo né freddo.

- Noi siamo un popolo di predoni! - gridò il generale Rossastro - eppure non ricorriamo mai a simili bassezze!

La formica zoppa riprese la parola.

- E questo non è nulla! - esclamò. - Dovete anche sapere che, mentre fuggivo da quella carneficina, ho incontrato questo individuo col suo esercito, e stando nascosta dietro un sasso, ho potuto sentire che egli si faceva proclamare il capo di tutte le formiche col nome di Ciondolino primo imperatore!

- Bravo Ciondolino primo! - esclamò il generale Rossastro sghignazzando. - Tu dunque tentavi anche di abolire il nostro ordinamento sociale, in cui tutte quante siamo uguali con gli stessi doveri e gli stessi diritti?

Le formiche che facevano cerchio intorno a Gigino, apparivano così stupìte del suo tentativo, che egli finì col capire perfettamente come fosse impossibile di vivere tra le formiche con gli stessi criterii coi quali si vive tra gli uomini.

Ma già, oramai, non era più questione di vivere per lui.

E poi, dopo aver visto di quanta sventura era stata causa la sua ambizione, dopo le ultime parole del professore, dopo la morte di Fusca, che gli importava di rimanere al mondo?

Egli era rassegnato alla morte: ma la sua rassegnazione fu molto diminuita da queste parole del generale Rossastro:

- Olà! Egli si è reso colpevole di delitti inconcepibili, e sieno inconcepibili i suoi tormenti. Prendetelo: tagliategli a una a una, lentamente, tutte le gambe, poi le antenne, e la sua testa sia l'ultima a cadere, in modo che possa assistere coi suoi stessi occhi al suo supplizio!

Gigino all'idea di tutti questi tormenti fu lì lì per svenire.

Egli si alzò ritto sulle due gambe di dietro gridando:

- Sì, io sono colpevole; io riconosco tutti i miei torti! Fatemi morire, ma non mi fate soffrire così crudelmente.

Una grande risata gli rispose da tutte le parti.

Fu gettato a terra, e due guardie si attaccarono alle due gambe di dietro, tirando con tutta la forza.

Ma le gambe eran dure e non c'era caso di staccarle.

Allora le due guardie si attaccarono alle due gambe di mezzo, le quali vennero via facilmente, mentre Gigino seguitava a urlare:

- Assassini!... ladri!... manigoldi!...

Cosa strana! lo strappo delle due gambe di mezzo non aveva recato a Gigino nessun dolore, ed egli anche dopo questa mutilazione continuava a sentirsi in tutta la pienezza delle sue forze.

Le due guardie si attaccarono alle sue due gambe davanti: ma anche quelle erano dure, tanto che il generale Rossastro, vedendo gli inutili sforzi dei suoi sicari, cominciò ad arrabbiarsi e a gridare:

- Non siete buoni a niente! Ora, ora, lasciate fare a me... Non sono io, se con un colpo di mandibole non gli taglio la testa di netto!

E si avanzò baldanzosamente verso Gigino.

Ma non aveva fatto ancora quattro passi che gridò:

- Ahi! Son morto!

A sentire quel grido Gigino credette lì per lì che gli fosse capitato un colpo d'accidente, ed era per ringraziarne la Divina Provvidenza; ma accorgendosi che un nuovo personaggio era venuto a pigliar parte a quella terribile tragedia, borbottò con aria malinconica:

- Ohi! se non sbaglio, siamo cascati dalla padella nella brace!

XXI. Un assassino in guanti gialli.

Il nuovo personaggio era una vespa del genere Pompilio, con certe gambe lunghe, specialmente quelle di dietro, che erano anche armate sullo spigolo esterno delle tibie di certe spine e di certi denti, che parevano addirittura due seghe.

Questo bravo signore era piombato a un tratto lì in mezzo a quel Tribunale formicolesco, e s'era messo tranquillamente col suo terribile aculeo a infilzar la pancia a tutti quanti, senza far nessuna distinzione fra giudici e imputati.

Ne nacque uno scompiglio generale, e solo qualche formica poté salvarsi a stento, rientrando precipitosamente dentro il formicaio.

Quando la vespa arrivò a Gigino, gli saltò sopra.

- Ci siamo! - disse l'infelice imperatore Ciondolino primo.

Ma si riebbe subito, quando sentì la vespa che piagnucolava:

- Ohi, ohi! Come tu sei duro!

Gigino si ricordò allora della sua corazza, e sentendosi salvo, détte in un gran sospirone e mormorò:

- Benedetti i semi di canapa!

Intanto la vespa gli s'era piantata di fronte e lo guardava con sorpresa e diffidenza, mentre sfoderava e rinfoderava l'aculeo per provare se s'era sciupato.

Quando si fu assicurata che la sua arma era ancora intatta, esclamò:

- Scusa, mi fai un po' il piacere di dirmi come mai tu sei tanto duro?

- Ma! - rispose Gigino che ormai aveva ripreso il suo coraggio - io sono stato sempre così. Ero duro, figurati, perfino quando andavo a scuola! O tu chi sei?

- Io sono una vespa assassina.

- Alla larga!

- Veramente io mi chiamo Amofila Sabulosa; ma in genere siamo chiamate assassine forse perché viviamo in certe grotte dentro le vecchie travi o nelle caverne fatte nelle spaccature de' muri e perché diamo una caccia spietata ai ragni, alle mosche, a' bruchi e alle formiche... quando non sono dure come te.

- Senti, - disse Gigino scandalizzato - per i ragni, le mosche e i bruchi, pazienza: ma pigliarsela con le formiche, ti dico la verità, per una vespa perbene è una vera birbonata. O non lo sai che siamo quasi parenti?

Egli si ricordava, infatti, come la povera Fusca gli avesse detto che tutte le vespe, le api, e i calabroni appartenevano allo stesso ordine naturale delle formiche, cioè a quella grande e gloriosa razza degli Imenotteri, tanto forte e tanto ingegnosa.

A questo punto della conversazione vi fu una pausa, durante la quale i due personaggi che erano rimasti l'uno di fronte all'altro in attitudine di diffidenza e di minaccia, incominciarono a considerarsi più attentamente e con un po' più di garbo.

Anzi, Gigino non poté dissimulare un gesto di sincera ammirazione, esaminando da tutte le parti il suo terribile aggressore, e a esame finito balbettò fra sé:

- Sarà un assassino, ma è molto elegante: deve essere un assassino in guanti gialli.

Infatti la vespa, coperta di un bellissimo abito d'un giallo smagliante, era snella, graziosa, piena di vivacità, molto più bella di tutte le vespe che Gigino aveva osservato quand'era un bambino, cioè quando non osservava nulla con attenzione.

- Che vitina! - pensò il nostro povero imperatore detronizzato. - Ora capisco perché tutti dicono che la mia mamma ha una vitina di vespa.

Questa idea, che gli attraversò la mente, lo fece quasi piangere di commozione, e mentre sentiva rinnovarsi nel cuore un grande e irresistibile desiderio di rivedere la sua cara mammina, provò anche un sentimento di viva simpatia per quell'elegante animaletto, che gli aveva ispirato il pensiero di lei.

La vespa, che pareva anch'essa un po' raddolcita, interruppe la pausa esclamando:

- O guarda, guarda. Dunque noi siamo parenti? Allora dammi la zampa e facciamo la pace.

E siccome Gigino rimaneva incerto, soggiunse subito con vivacità:

- Via, via... Sei forse ancora scandalizzata perché do la caccia alle formiche? Quando sono arrivata io, se non sbaglio, stavate ammazzandovi fraternamente tra di voi..., e mi pare che quella d'ammazzarvi tra sorelle sia un'occupazione un pochino più scandalosa di quella d'ammazzar dei parenti alla lontana.

Il ragionamento non faceva una grinza, tanto che Gigino rispose:

- Eh sì: da una parte hai ragione tu; e da quell'altra poi, se penso che senza di te avrebbero fatto la festa anche a me, ho torto io.... Però bada: non devi dimenticare che noi formiche, nella razza degli Imenotteri rappresentiamo il popolo più robusto, il popolo più intelligente, il popolo più...

Gigino non fece a tempo a trovare un terzo aggettivo per il suo popolo, perché la vespa con una mossa rapida e inaspettata l'aveva piantato in asso ed era piombata sopra un bruco d'una discreta grossezza, che aveva avuto la disgrazia di passar poco distante da lei.

Fu l'affare d'un attimo. La vespa sfoderò il suo pungiglione, e con un paio di puntate ridusse il povero bruco nella assoluta impossibilità di continuare la sua passeggiata.

- L'hai ucciso? - gridò Gigino accorrendo.

La vespa tentennò il capo e mormorò con accento misterioso:

- Ma che! Non sono mica stupida!

Quindi ronzando allegramente si pose a cavalcioni della sua vittima, l'afferrò con le pinze e incominciò a trascinare quel corpo che era dieci volte più pesante di lei verso un piccolo fosso arenoso, sul cui pendìo si scorgeva un buco di forma rotonda, difeso da una fortificazione di sassolini, di fuscelli e pallottoline di terra.

Gigino, sorpreso di vedere in quell'insetto così elegante tanta forza, tanta prontezza e tanta tenacia, lo seguiva passo passo, finché giunto presso il fosso vide a un tratto rotolar giù a precipizio il bruco e la vespa, che gli era rimasta sempre a cavalcioni.

Ma essa, quando fu in fondo, lo lasciò, e scotendo la polvere dalle ali si volse verso Gigino che era corso all'orlo del fosso, quasi sicuro di vederla schiacciata sotto il peso della sua vittima.

- Ti sei fatta male? - le domandò.

- Niente affatto, - rispose la vespa allegramente. - Questo che ho fatto ruzzolando è anzi il tratto meno faticoso del mio viaggio. Il più difficile ora è trasportare il bruco fin lassù in casa.

E accennò al buco, che era sull'opposto pendìo del fosso.

Gigino scese giù, e senza poter nascondere del tutto una cert'aria di protezione, disse:

- Ti aiuterò io.

Ma la vespa fece un gesto dignitoso:

- Oibò! Noi siamo abituate a ben altre fatiche, e non abbiamo bisogno che il popolo più forte e intelligente della razza degli Imenotteri si scomodi per noi...

Gigino, a queste parole, rintuzzò subito la superbia.

- Piuttosto - soggiunse la vespa indicando il bruco - ti sarò grata se mi badi un po' a questo signore, mentre vo a dare un'occhiata in casa.

- O che hai pura che scappi?

- Questo no: ma tu devi guardare che non gli s'accosti nessuno. Mi posso fidare?

- Figurati!

La vespa entrò sempre ronzando lietamente dentro la sua tana, e Gigino rimase a far la guardia al bruco.

Appena sparita la vespa, una piccola mosca bigia si lasciò cadere sul corpo nudo del povero lepidottero, e vi rimase come attaccata, intenta a un lavoro che Gigino non seppe spiegare.

Egli gridò:

- Va via di lì, che non è roba tua.

La mosca se ne volò via sghignazzando e borbottando ironicamente:

- Se non è roba mia, è roba de' miei figli.

Appena ricomparve la vespa, Gigino misurando con l'occhio il volume del bruco le disse:

- Non ne manca neanche un pezzettino. E dimmi, cara: te lo mangi tutto?

- Mangiarlo? Ma che!

- E allora perché lo hai ammazzato?

- Ma io non l'ho ammazzato. Esso è semplicemente paralizzato. Capirai che, se fosse morto, dovendolo tenere in casa per qualche tempo, andrebbe in putrefazione e non sarebbe una cosa troppo igienica.

- Lo tieni in casa? E che ne fai di questa roba?

- Eh! Questa è roba per i miei figli.

- Toh! - esclamò Gigino stupefatto. - Tal quale come ha detto ora quella mosca grigia.

La vespa fece un balzo indietro gridando:

- La mosca grigia hai detto? Ah, canaglia!... Si è dunque posata una mosca grigia sul mio bruco? Rispondi, dunque!

- Ma sì... - balbettò Gigino che non sapeva comprendere tanta agitazione per un fatto che gli pareva senza importanza. - C'è stata sopra appena un istante, perché l'ho scacciata subito.

- Ah ladra! Ce l'ha fatta! - continuò a urlare la vespa osservando il bruco. - Ecco qui! Queste sono le sue tracce! E io che ho durato tutta questa fatica! Tutto questo lavoro fatto per il bel muso di quella iniqua vagabonda! Ah miserabile parassita! E forse sperava anche che portassi il bruco in casa mia, che lo mettessi al sicuro!... E tutto questo per i begli occhi de' suoi figli!... Ah, infame!...

La vespa era così invelenita, che Gigino non s'azzardò a interromperla, e si limitò a rintuzzarsi nel suo seme di canapa mormorando:

- Se, Dio liberi, se la pigliasse con me in questo momento, non mi salverei neanche se mi chiudessi in un nocciolo di ciliegia.

XXII. L'ultimo addio.

A poco a poco la vespa si calmò un po', sempre seguitando a brontolare:

- Tutta fatica inutile! Tutto lavoro buttato via! Bisognerà rifarsi da capo.

- Scusa.... - disse Gigino, la cui curiosità aveva preso il sopravvento alla paura. - Mi spieghi che cosa hanno che fare i tuoi figli coi figli della mosca grigia e tutti insieme con questo povero animalaccio, che seguita a dormire placidamente come se niente fosse?

- Come! Ma è appunto per i miei figli che io ho preso questo bruco.

- E allora perché non lo porti in casa?

- Perché la mosca grigia l'ha preso per i figli suoi.

- Abbi pazienza, ma io ci perdo la testa. O come fa a avertelo preso, se il bruco è ancora qui?

- Ah tu non sai.... Ebbene: senti se non ho ragione, a pigliarmela contro queste moscacce infami. Noi vespe diamo la caccia a certi animali, li paralizziamo e li portiamo in casa unicamente per deporre nel loro corpo le nostre uova: queste, dopo un certo tempo, si schiudono e ne escono le larve, le larve dei nostri figli, capisci? E queste trovano pronte il loro nutrimento e divorano l'animale dentro cui la madre previdente le ha riposte, finché filano un piccolo bozzolo, nel quale si trasformano in crisalidi, e sviluppatesi vengono alla luce insetti perfetti come noi. Alcune vespe del mio genere prendono i ragni, altre i grilli, io preferisco di riporre le mie uova nei bruchi, perché più carnosi. Ebbene! vi sono al mondo degli insetti vagabondi come le mosche grigie, i quali han bisogno di assicurare la vita ai loro figli nello stesso modo, ma non hanno né la forza né il coraggio di dar la caccia, come facciamo noi, ai bruchi e ai ragni. Allora che cosa fanno? Questi traditori si aggirano intorno alle nostre case, ci spiano, e quando vedono che noi portiamo in casa la provvista per i figli nostri, piano piano, non visti, questi ladri, vi depongono le loro uova. Vedi? Se tu non mi avessi avvertito prima, io avrei messo il mio uovo in questo bruco, certa d'avere assicurato l'esistenza alla larva di un mio figlio. Invece che sarebbe accaduto? Che l'uovo messo dalla mosca grigia si sarebbe schiuso prima del mio e la larva avrebbe mangiato tutto il bruco, mentre la mia sarebbe poi morta di fame. O dimmi, non è una vigliaccheria quella di questi insetti parassiti, che fanno godere ai loro figli il frutto delle fatiche che noi destiniamo ai figli nostri? Vedi? Ora bisogna che torni daccapo alla caccia, bisogna che trasporti daccapo un altro bruco fin qui. Ma come si fa? I figli premono a tutti, e ci vuol coraggio.

A questo pensiero parve che ogni collera sbollisse in lei.

- Arrivederci, - aggiunse con energia. - Oramai non c'è altro rimedio che riguadagnare il tempo perduto. Al lavoro!

E ritornata alla sua indole lieta, spiccò il volo ronzando allegramente, mentre Gigino le gridava dietro:

- Arrivederci, cara Amofila!

In fondo Gigino sentiva ora una certa simpatia per quella vespa. Era una vespa assassina, è vero, e il suo modo di procedere era addirittura feroce. Ma ella non era assassina e feroce per sé, lo era per i suoi figli, come per i figli suoi era ladra la mosca grigia. L'una ardita, forte, toglieva la vita altrui per darla ai suoi nati: l'altra impotente a questo, derubava per lo stesso scopo al brigante il frutto del brigantaggio.

E lo scopo alto, nobile (Gigino incominciava a comprenderlo) presso tutti gli insetti, anche raggiunto con l'assassinio e con la frode, era sempre quello dei figli, di assicurare all'uovo la fecondazione, alla larva debole e inerme il nutrimento, di proteggerla contro ogni insidia finché il figlio, bello, completo, perfetto, non fosse uscito alla luce a continuare la specie, e a rinnovare a sua volta questo miracolo di cure previdenti e di amorevoli fatiche per una nuova generazione.

Intanto Gigino ripensava all'affetto col quale, appena uscito dal suo bozzolo, l'aveva raccolto e iniziato alla vita la povera Fusca, la sua amorosa nutrice morta per causa sua.

Egli, quasi senza accorgersene, sempre assorto in questi tristi ricordi, aveva risalito il pendìo del fosso e si dirigeva verso il formicaio ch'era stato per lui il nido di tante dolcezze e il teatro di tante sventure.

A un tratto Gigino vide due formiche che trascinavano faticosamente due semi di zucca, e si sentì allargare il cuore.

- Amiche! - esclamò commosso - Non mi riconoscete?

Erano due antiche sue compagne, due sorelle.

- Oh, guarda! - dissero tranquillamente fermandosi. - E che fai di bello?

- Eh! Fo la vita dell'esule. E voialtre, piuttosto, che cosa fate? Dove portate codesti semi?

- Oh bella! Li portiamo giù nel nostro villaggio, dove sono i nostri padroni.

- Come! vi sono i vostri padroni, e chiamate ancora vostro il villaggio?

- Certamente. Noi li serviamo poiché così ha voluto il nostro destino, e in grazia dei nostri servizi e delle nostre fatiche, possiamo continuare ad avere una casa nostra. Ma è già tardi, e dobbiamo tornare. Addio!

Gigino scandalizzato dalla facilità con la quale le sue sorelle s'erano adattate al servaggio, gettò loro dietro con tono di disprezzo questa parola:

- Schiave!...

E continuò a camminare, senza che gli passasse neanche per la testa che l'unica causa della loro schiavitù era stata propria la sua smodata ambizione. Ma bisogna rendergli questa giustizia: la sua mente era tutta occupata, in quel momento, da un nobile pensiero.

Egli guardava qua e là, come cercando qualche cosa. Finalmente a poca distanza dal formicaio si fermò, udendo un rumore curioso, come di qualcuno che masticasse sgretolando delle ossa.

Gigino s'indirizzò verso il luogo donde veniva il rumore, e appena giunto dié un grido di indignazione e d'orrore.

Dinanzi a lui stavano aggruppati alla rinfusa i miseri avanzi dei suoi compagni d'infortunio, un mucchio orribile di corpi mutilati e di teste staccate dal busto; e in mezzo a quel pietoso ammasso di vittime tre formiche, spaventevole a dirsi!, si erano riunite a banchetto, divorando allegramente i cadaveri delle loro sorelle.

- Ah, vili! - gridò Gigino - vi sono, dunque, anche tra le formiche gli spregevoli sciacalli e le iene?

Ed esistono, infatti, alcune specie di formiche profanatrici e divoratrici di cadaveri. Gli esempi di sì nefando delitto sono, in verità, assai rari, ma bastano ad offuscare il buon nome che questo popolo, pur tanto ricco di virtù e di pregi, ha saputo conquistare tra gli insetti. Così i malvagi oltre i danni diretti che recano ai buoni con le loro colpe, hanno spesso la triste potenza di infamare il nome immacolato della famiglia nella quale sono nati, e perfino della terra che ha avuto la sventura di dar loro i natali.

Perciò fece molto bene Gigino che, piombato sui tre feroci banchettanti, li uccise prima ancora che avessero potuto riaversi dalla sorpresa.

Quindi rivolse lo sguardo sugli avanzi delle sue vecchie compagne.

Gigino ebbe un momento d'angoscia suprema, e gettatosi in mezzo a quelle spoglie, mormorò con accento doloroso:

- Perdono! perdono!...

Poi si alzò e a uno a uno trasportò quei poveri corpi al lontano cimitero, disponendoli in ordine e assegnando un posto speciale a quello del Professore e a quello di Fusca, dopo averne, con pietosa cura, riunito alla meglio la testa al busto.

Prima di allontanarsi di là volle abbracciare per l'ultima volta quella che era stata la sua amorosa nutrice, e singhiozzando esclamò:

- Ah! Fusca mia cara... Se tra noi ci fosse l'uso delle lapidi, te ne vorrei mettere una bella e grande perché la vedessero tutti, e sopra vorrei incidervi con parole d'oro questa iscrizione:

 "Alla più buona mamma delle formicole""

XXIII. Un "segretario particolare" che esce da una pallottola di quercia.

E ora che avrebbe fatto?

Ecco la domanda che Gigino si faceva mentre ritornava sui suoi passi, e alla quale non sapeva rispondere.

Solo, sperso per il mondo, senza famiglia, senza amici! Tale era la triste situazione di questo povero insettuccio, che poche ore prima era stato lì lì per essere eletto il primo imperatore delle formiche.

- Del rimanente - pensava Gigino - anche Napoleone primo si ritrovò a essere esiliato a Sant'Elena!

Ma a quel che pare questo raffronto storico era un magro conforto per lui, perché traversando il fosso dove la vespa aveva il nido, guardò con profonda malinconia la casa già barricata dell'amica Amofila e mormorò:

Ahimé! tutti hanno una casa..., e io solo non ho un buco dove passar la notte!

A questo punto gli venne un'idea che lo riconfortò tutto di speranza e di gioia.

- Veramente una casa ce l'ho..., e in questa casa c'è anche la mia mamma e lo zio Tommaso!... Ah! se io la sapessi ritrovare!

L'idea era buona, sì; ma appena Gigino si mise ad accarezzarla, gli si presentò così irta di difficoltà, che esclamò con amarezza:

- È un'idea pazza!... Come posso fare io, così piccolo, io povera formicoluccia, per la quale ogni fil d'erba è un albero, ogni cespuglio una foresta, ogni sassolino uno scoglio, ogni zolla una montagna, a orientarmi verso un luogo che non vedo, che non so dove sia?

Così scoraggiato, camminando come e dove lo conducevano le gambe, era giunto ai piedi di un'enorme quercia.

- Se salissi fino in cima? - pensò. - Chi sa che di lassù io non possa scorgere la mia casa!

Animato da questo pensiero, incominciò ad arrampicarsi con una vigoria della quale non si sarebbe giudicato capace, specialmente sapendo che oramai era un gran pezzo che non aveva mangiato.

A un certo punto si fermò e guardò intorno: nulla. Ricominciò a salire, giunse fino alle foglie più alte, guardò ancora: intorno a sé non scorgeva che un mondo confuso, e non tardò a comprendere come con la vista di una formica sia impossibile distinguere le cose molto lontano.

A un tratto fu distolto dai tristi pensieri che gli ispirava questa constatazione, da un rumore curiosissimo, che sentiva vicino a sé, sulla stessa foglia dove s'era fermato.

Allora soltanto s'accòrse d'esser accanto a una galla, a una di quelle palline rossicce che nascono spesso sulle foglie di quercia, e delle quali egli stesso s'era tante volte servito per giocare in campagna.

Gigino salì sopra alla galla, e non fu poco sorpreso nell'accorgersi che il rumore veniva prossimo dall'interno di essa: era un rumore sottile, come di un delicatissimo succhiello che sgretolasse un legno durissimo, per esempio un tronco di bossolo.

Girò in tondo alla pallottolina, osservandola minutamente per tutto; e non trovando sulla scorza nessun buco, si domandava qual mistero essa racchiudesse nel suo interno, quando improvvisamente sentì dietro di sé una vocina leggera e affaticata, la quale diceva:

- Finalmente ci sono!

Gigino si voltò di botto. Una piccola testa faceva capolino da un bucolino aperto nella galla, e si volgeva qua e là guardando intorno con una viva curiosità.

- Com'è bello il mondo! - aggiunse la vocina, con un fremito di piacere.

- Sii dunque il benvenuto! - esclamò Gigino - e cerca di venire su tutto.

Dal buco uscirono due zampette che si aggrapparono all'orlo, e immediatamente uscì fuori un piccolo personaggio, lungo appena un paio di millimetri, nero, con le antenne diritte e fornito di due paia d'alucce trasparenti e sottili.

- Toh! - esclamò Gigino. - Una piccola mosca!

- Domando scusa - riprese l'altro. - Io non sono una mosca: sono un Cinipe.

- Un Cinipe?

- Sì: ordine degli Imenotteri.

- Allora, caro Cinipe, anche tu sei mio parente alla lontana; e in questa qualità spiegami un po' come hai fatto a entrare dentro a questa pallottola!

- Entrarci? Ma io non ci sono entrato: sono semplicemente uscito...

Gigino lo guardò maravigliato.

- Questa è nuova! O che si può uscire da una pallottola senza esserci entrati?

- Da noi Cinipi si usa così: la mamma (e io lo so e posso dirtelo per una semplice e naturale intuizione) depone il suo uovo su una foglia di quercia come questa, pungendola col suo ovopositore, che è appunto l'organo dal quale vengon fuori le uova. Questa puntura produce una ferita, e questa ferita ha la virtù di gonfiare in quel punto la foglia, producendovi sopra un bitorzolo o una pallottola che, crescendo, attira dentro di sé l'umore della pianta. Intanto l'uovo rimasto dentro si schiude e ne esce la larva, la quale trova in quell'umore il suo alimento e in quella pallottola la sua casa. Lì stiamo un annetto al sicuro, finché ci si trasforma in ninfe e diveniamo insetti perfetti..., e allora si comincia a bucare dal di dentro la galla e, piano piano, ci si apre una strada e si vien fuori come ho fatto io. Ma t'assicuro che c'è da rodere!

- Che è molto dura questa pallottola?

- Entra dentro, e vedrai!

Gigino non se lo fece dir due volte. S'introdusse nel buco fatto dal Cinipe, e solo allora poté farsi un concetto esatto della fatica che doveva aver durato il suo nuovo amico.

Infatti, nell'interno della galla legnosa, eravi una specie di cameretta circondata da una materia molto più solida di quella che formava l'esterno della pallottola, una materia quasi petrosa, una specie di nocciolo di ciliegia.

- E tu, - esclamò Gigino stupefatto - hai potuto bucare una parete così dura? Ti fo i miei complimenti.

- Grazie... Se tu sapessi come sono felice ora! Capisci? Star rinchiuso là dentro non è un gran divertimento; ma si sa che un giorno ne dovremo uscire, si sa che ci spunteranno le ali, e che saremo destinati a vivere nell'aria... Ah! ecco ora la grande, la vagheggiata ricompensa della mia lunga prigionìa!

- Beato te! - mormorò Gigino con tristezza. Ah se anche io avessi le ali!

A un tratto gli venne un'idea, che gettò in quell'ombra di tristezza un raggio di speranza. Egli si accostò ansiosamente al giovane Cinipe e gli disse:

- Senti, amico mio. Io avrei bisogno di un gran piacere da te... Te ne prego... Tu sei appena nato... Ebbene: tu puoi incominciare la vita con una buona azione... Ti assicuro che non la dimenticherò mai... Accetti?

- Tu discorri dimolto; ma io, scusa sai, ho ancora da sapere di che si tratta.

- Hai ragione. Si tratta, dunque, che io vorrei trovare una certa abitazione di uomini, con una pianta d'uva che si stende sulla facciata. Tu con una volatina in giro potresti guardarci.

- Eh! ma come vuoi che faccia, io che vengo al mondo ora, a conoscere le abitazioni degli uomini?

L'osservazione era giusta, e Gigino dovette far miracoli per dare ad intendere a un dipresso al giovane insetto come era fatta la sua villa. Finalmente, quando gli parve che avesse capito, gli disse:

- Tu che hai le ali, potresti volare in tutte le direzioni e tornar qui a dirmi se sei riuscito o no a vedere il posto che mi preme di trovare. Accetti?

- Accetto: tanto più che mi struggo di adoperar le ali... Là, là e là!

Il Cinipe si staccò dalla foglia e volò via, mentre l'imperatore Ciondolino gli gridava dietro:

- Se ci riesci, ti eleggo mio segretario particolare!

Quanto aspettò Gigino su quella foglia?

Egli sarebbe stato imbarazzato a dirlo, perché non aveva lì pronto un orologio per misurare il tempo; ma a lui parve un secolo. Quando finalmente vide riapparire il Cinipe, esclamò:

- Ebbene?!

- Ebbene, - rispose l'altro posandosi sulla galla - credo di avere scoperto qualche cosa di simile a quello che tu mi hai descritto.

- Sì, davvero? Ed è lontano? È per di qua? È per di là? Dov'è?

- Eh! Un momento di calma, corpo d'una quercia!... Vedi? Quell'abitazione d'uomini che ho vista, è nella stessa direzione della foglia sulla quale ci troviamo.

- Ah sì? Per di là, dunque!

- Precisamente.

Gigino osservò bene la direzione; quindi esclamò:

- Cinipe mio, quanto ti sono grato! Ora me ne vado..., ma ci rivedremo, sai?

E abbracciatolo, si accomiatò dal suo amico, rifacendo lentamente la via già percorsa sulla quercia.

- Lentamente? - diranno subito i miei piccoli lettori. - Come! Aveva tanta bramosia di ritornare a casa e camminava adagio?

Proprio così, - rispondo io. - Egli camminava adagio, appunto perché aveva fretta. Certi ragazzi, vedete, sono pieni di buona volontà, e appena qualcuno, per esempio, chiede loro il piacere d'andare in qualche posto, pigliano la corsa gridando: "Ci vado subito." Solamente, quando sono arrivati a metà strada, bisogna che tornino indietro perché, nell'entusiasmo di scappar via, si son dimenticati di farsi dire in quale posto dovevano andare.

La troppa fretta, persuadetevene, è fatta apposta per arrivare tardi.

E Gigino, che come bambino aveva fatto sempre le cose in furia, e con la testa per aria, ora, come formica, aveva acquistato quella moderazione che permette di far presto e bene e, invece di scendere giù per la quercia a precipizio, fece la strada piano piano, voltandosi indietro spesso, studiando ogni passo, calcolando il cammino fatto e da farsi con una sottigliezza e una precisione che conoscono solo gli esseri piccolissimi. Così, quando toccò terra, egli si trovò con la testa rivolta precisamente verso lo stesso punto ov'era rivolta la foglia, dalla quale era partito, e non ebbe che a proseguire il viaggio sempre in avanti, per seguire la direzione indicatagli dal Cinipe.

Con tutto questo, pur riconoscendo il senso maraviglioso della direzione che permette agli insetti di tener conto di minimi indizi e di impercettibili segni di riconoscimento, quando Gigino fu in terra sentì un certo rammarico di avere speso tanto tempo nella discesa, ed esclamò:

- Che peccato che gli insetti non abbiano l'uso di porre i nomi alle strade!

E, mettendosi in cammino, spinto da una certa idea vaga di incivilire il mondo degli insetti, e da quella molto migliore e più positiva che lo guidava in quel viaggio, aggiunse:

- Questa strada, intanto, la chiameremo: "Via Della Mamma".

Il sole era al tramonto e, mentre egli camminava, vedeva intorno a sé un grande movimento d'insetti d'ogni specie, i quali si affrettavano alle loro case

- Anche io - pensava Gigino - vo verso la casa mia.

E questo pensiero, che racchiudeva tanti ricordi e tante speranze, lo rianimava, gli faceva sembrare il viaggio meno pericoloso e meno incerto, gli faceva sentir meno la stanchezza.... e anche l'appetito.

A un tratto fu distolto dalle sue riflessioni dal vicino rumore di una lotta; una lotta terribile, mortale a giudicare dai lamenti soffocati e dalle rauche minacce che udiva.

Si volse: una vespa dello stesso genere dell'Amofila Sabulosa (Gigino oramai con gli insetti ci aveva preso un po' di pratica) teneva confitto in terra sotto di sé un povero grillo, il quale si dibatteva stridendo a più non posso.

Già la vespa stava per immergergli nel torace il suo tremendo pungiglione, quando a un tratto si arrestò, udendo una voce che gridava:

- Fermati!...

La voce era di Gigino, e fu provvidenziale per il grillo, perché mentre la sua assalitrice rallentava sorpresa le sue zampe, esso riuscì a sgusciarle di sotto, e con quattro salti raggiunse il suo buco.

La vespa, su tutte le furie, piombò su Gigino; ma le accadde precisamente quel che era accaduto già all'Amofila: il suo pungiglione strisciò sul seme di canapa, e Gigino le disse ridendo:

- Cara signora vespa assassina, per questa volta abbiamo fatto fiasco!

- Ma tu - rispose l'altra - perché t'impicci nei fatti miei? Ho tre grilli in casa e me ne mancava uno: l'avevo preso, e tu me l'hai fatto scappare.

- O non ti bastano tre?

- Niente affatto: per le mie uova ce ne vogliono quattro; se no, le larve poi non trovano abbastanza da mangiare. Ora, per causa tua, dovrò ricominciare la caccia.

- Che vuoi? Quel povero grillo mi ha fatto compassione. Del resto, con quella po' po' di forza che ti ritrovi addosso, non ti mancherà occasione di agguantarne altri. Addio, cara, e scusami tanto.

Gigino riprese il suo cammino, di cui durante la scena, non aveva per un sol momento abbandonata la direzione, e mormorò fra sé:

- Se non c'ero io, il grillo a quest'ora era bell'e servito. Queste vespe assassine, bisogna convenirne, hanno una forza indiavolata. A vederle non si direbbe! Ma già: chi avrebbe creduto il mio amico Cinipe, così piccino, capace di bucare una pallottola così dura?

Gigino camminava, camminava senza mai stancarsi, tanto era in lui forte il desiderio di giungere alla mèta; ma la "Via Della Mamma" era lunga.

A un certo punto si avvide di un altro insetto che faceva strada con lui, ma in un modo molto più comodo e più rapido: era un insetto elegantissimo, col corpo lungo e sottile di un color bigioscuro, vagamente macchiettato di giallo al torace e alla testa, e con quattro belle ali leggerissime, a punta, con le quali volava da un albero all'altro, come se cercasse qualche cosa che non riusciva a trovare.

- Ah cara libellula mia, - disse Gigino alzando la testa - quanto pagherei, in questo momento, per avere un paio d'ali come le tue!

L'insetto alato lo guardò coi suoi occhi sporgenti, e fece una risatina esclamando:

- Io non sono una libellula!

- E chi sei dunque? - domandò Gigino, fermandosi.

- Io? Sono un essere che ha molti rapporti coi tuoi parenti.

- Meno male! Sicché possiamo trattarci come vecchie conoscenze.

- Proprio così, - rispose l'insetto con accento un po' ironico, andando a posarsi sopra un fil d'erba, e guardandosi intorno come per studiar bene la posizione dove si trovava.

Gigino si avvicinò, ed era per fare altre domande, quando si accòrse che il suo interlocutore, tenendosi afferrato fortemente con le gambe al fil d'erba, col corpo sottile inarcato, alzava e abbassava le ali a più riprese, tremando tutto dal capo alla punta dell'addome.

- Che soffra di convulsioni? - pensò Ciondolino, considerando con sorpresa tutti quegli stiramenti.

E soggiunse subito fra sé:

- Se è così, mi dispiace per lui, tanto più che in questa strada non c'è nessuna farmacia dove andare a prendere un po' d'aceto aromatico.

FINE DEL PRIMO VOLUME